新诗经时代

田军 ◎ 著

哈尔滨出版社

图书在版编目（CIP）数据

新诗经时代 / 田军著. -- 哈尔滨 : 哈尔滨出版社, 2025. 1. -- ISBN 978-7-5484-8364-9

Ⅰ. I227

中国国家版本馆CIP数据核字第2025RD1126号

书　　名：新诗经时代
XIN SHIJING SHIDAI

作　　者：田　军　著
责任编辑：韩伟锋
封面设计：罗佳丽

出版发行：哈尔滨出版社（Harbin Publishing House）
社　　址：哈尔滨市香坊区泰山路82-9号　　邮编：150090
经　　销：全国新华书店
印　　刷：廊坊市伍福印刷有限公司
网　　址：www.hrbcbs.com
E-mail：hrbcbs@yeah.net
编辑版权热线：（0451）87900271　87900272

开　　本：880mm×1230mm　1/32　印张：8.25　字数：192千字
版　　次：2025年1月第1版
印　　次：2025年1月第1次印刷
书　　号：ISBN 978-7-5484-8364-9
定　　价：76.00元

凡购本社图书发现印装错误，请与本社印制部联系调换。
服务热线：（0451）87900279

这爱的绝唱在拔节生长

——田军的抒情取径

刘阶耳

自"新诗"诞生之日起,对新诗的苛议就不曾歇息过;靠着施魅的外部威权解决争端,一时固然痛快,可终究不是良策。"新诗"发展的路径多元化,雅俗互动、互渗,不论是"唐音"还是"宋调",只要汲取其合理的成分,并且竭力使之发扬光大,则又不失为新诗"解纵绳墨之外,而用之无穷"合理推进的一环。

> 在淮阳,我有一种渴望
> 我渴望,如龙湖水一样
> 不自觉地,身不由己靠近你
> 靠近你,而今迈步从头越
> 让风吹着风,让雨淋着雨
> 让尘埃洗涤尘埃
> 让阳光照亮阳光
> 不因怀疑而停止
> 不因死亡而消失
> 靠近你,从心灵深处
> ——《在淮阳遇见苏园》

诗人田军如是深情的剖白，源自他对"新诗经时代"抒情的心心念念；他要拼抢赶超，奋勇当先，一如那"碧绿的光影酝酿着成熟的嬉戏"（《在一抹阳光里读你》）。他的诗深情、温暖、秋水长天、删繁就简，因为他的期待不只是与北宋的苏轼、苏辙兄弟把酒论欢，"清阴与子供朝昏"（苏轼《次韵子由柳湖感物》）；他每每思接千载，为"羲皇故都，老子故里"摊开自己……

> 摊开自己，就是小麦和高粱
> 用加速度，发酵热情
> 用倒计时，丈量温度
> 用精细化，调出至臻醇厚
> 用个性化，展现美丽与风流
> ——《致淮陈酒》

> 我欣喜
> 是要见证周口的唯一
> 我谦卑
> 是因人间有人
> 尘世有尘
> ——《周口，我的文学之乡》

因为这里蓬勃、昂扬，"这爱的绝唱在拔节生长"，"流淌出陈风的恣意与潇洒"（《过陈州》）。"浩荡来何极，雍容去若遨"（苏辙《和张安道读杜集》），诗人"自我"呈现如果说是挥洒自如的，那么他明显有所会意地抒情取径，又该如何对待？

一

诗言志，贵抒情。孔子讲"兴观群怨"，席勒区分"素朴""感伤"；进入现代，无论中西，"纯诗"的坚守和"非诗化"的取径，各竞其长，自不待言；而新世纪前后，"叙事性"的修辞大面积侵入，对"地域性"日常景观流连忘返，无疑都加剧了抒情诸元取径多歧路应对的惶然。诗人田军徜徉其际，有洪钟大吕般的"观念"集结，通江达海，"舍我其谁"的气概，饱满、坚定；有闲适当下会心的发现，性灵闪动，绰约但不奇崛，洒脱多留有余地。前类重格调，俨然与肇自20世纪30年代的"政治抒情诗"渊源极深，诗人赞美"颍河"风光的诗篇，足以作如是观，又俨然与讲究兴味寄托的后类不搭界，则洵非妄议。

譬如诗人擅长铺排，"排比"句式层出不穷。《谱写新时代的锦绣华章》凡22行，出 ang 韵，均从"此刻"组织句式，豪情满满；《信仰》继"梦已在春天里开花"之下，由"开"这个动词引出6个句子，穷尽春天蓬勃的美好心愿；《父亲的春天》却是就"一般"与"个别"，将"父亲"1951年春天经历的战争的严峻（"只有 / 冷、雪、炒面 / 有闪亮的刺刀 / 有震耳的怒吼"），与承平年代的旖旎风光（"我知道，春天有轻柔的风"引出的6个排比句）自相对照，大有屈子《楚辞·招魂》中"目极千里兮，伤春心 / 魂兮归来，哀江南"沧桑喟叹之遗风。"排比"修辞之于诗人的调遣，不唯是才气横恣，并且会各开生面，像《在最美的景致里行走》趋于繁复的极致，所以也势在必然。具体地说，它是3节44行的诗。次节12行，先行的9行，"高频词"落实到句尾是"汇聚"，处于句首的有"在这里"的短语，凡4处，视听交替的画面感（"碧绿""苍翠""鸟声""欢歌笑语")极强;下一节 24 行也是类似的修辞"构件"搭配,但诉诸"一场""感受"两个"高频词",明显带动了意识主观的高位嬗变。感情和想象往返互动,汩汩滔滔,以"天巧能开顷刻花"誉之不致违和吧!

前人曾云:"许浑千首湿,杜甫一生愁。"诗人田军遣词造语也不例外。他有"欣赏着三月温暖的模样"(《三月,你好》)的情致,温馨场景常常随机搞定。不拘时令、游园、赏景,如果说是诗人陶冶世俗,与时俱进的日常生活化消费的抒情常态,所谓的风,所谓的月,所谓的花卉草木,每每激励诗人"与物神游"的,都莫非促进爱或自由至上的生命感悟的意蕴升值;所谓的"葳蕤"于是备受青睐,鉴于它的高频出现,这里一一征用很不方便,撮其大要,酌情而言,它("葳蕤")不单单是碧绿的、葱茏的,可迎面扑来,幻形为"通感"玲珑的意象符码,它甚或是"人间烟火"(见《难忘宋河》)的巧妙的转喻单位,圆满而丰盈,有积淀。

出自《诗经·陈风》的两处句子:"子之汤兮,宛丘之上兮"(《宛丘》),"彼泽之陂,有蒲与荷"(《泽陂》),都曾被诗人直接引用过;它们各自紧随的下两个句子又分别是:"洵有情兮,而无望兮"和"有美一人,伤如之何";总赅钱锺书先生《谈艺录》《管锥编》对中国比兴传统所做出的阐释,我们不妨这么看,诗人用的诗句莫非表明着他强烈的地方性的文化认同感,为之"即物生情"的想象逡巡确证着感情眷顾的"对象"方式、范围及属性;古属"陈地"的、当今的淮阳、周口鲜明的地方性文化遗存,所以令他咏叹再三。诗人为"新诗经时代"抒情心心念念,于感情的"选材"方面,以及前述偏好"排比"修辞显然不致无的放矢。对照诗经"重章叠句"的表达习惯,易于辨识,故不赘言;而诗人未曾引出的《宛丘》

《泽陂》反复咏叹的感情"主题句",莫非意味着诗人为其情怀的跌宕留有余地,正如唐人刘禹锡《秋词》所云:"晴空一鹤排云上,便引诗情到碧霄。"属于诗人田军的抒情"机杼"毋宁令人感奋。

为了深入体会"执情强物"在诗人的抒情取径中分享的体量,下文则必须回到"陈风"隐含的一些发人深思的话题迂回对待了。

二

温习10首"陈风",不妨换个思路,先行检索一下"比兴"依托的动植物"分布"的基本状况。显而易见,动物类较少,马(《株林》),鱼(《衡门》),鹭(《宛丘》),鹊(《防有鹊巢》),鸮(《墓门》),至于植物类,除了《月出》未曾提及,其余9首都是不可或缺的。

不过《衡门》需要特殊对待。作为初民再简陋不过的筑居场所,所动用的建筑材料自然取诸木材;"小雅""魏风"不乏有关"伐木"劳动场景吟诵的名篇,其物质功用自然服务于生活所需。显然后者提及的乔木、檀木,当然指的是成材的树木,归到"植物"门类中毫不意外。

物尽其用,木如此,动物也不例外。马被驯化,供役使,农耕文明时代极普遍;白鹭的羽毛作为美化服饰材料,既见于集体祭祀的场合,也赋予了日常交往重要的"象征性"沟通功能,一如当下"电子"作为媒介发挥的传播作用。迄今渔业资源在人类生活中仍承担极重要的角色,是人摄取蛋白质的重要渠道。至于主管吉凶的、和"集体无意识"搅合在一起的鸮,如果念及生生死死存在之大限,涉及关爱生命的抒情的、伦理的底线,古今同理,弥加敬畏,毋庸讳言吧!

告别了渔猎、游牧生活，初民安居乐业，怡然于农耕文明所保障的社会进化，从上述动植物塑造"比兴"感情符号的概率分布上足见其应然或必然。见诸"陈风"的两处"东门"，高度成熟之状历历在目。城邑巍然耸立的规模，令初民在兹念兹的文化自信多么爽直、简古；城郊的沟渠可沤麻，加工处理"穿衣"所需的原材料，泉水叮咚，游鱼自在，充足蛋白质及时供给，"宛丘"之上，皎月之下，集体出动，祭祀狂欢，倒是谈情说爱的最佳时机；倘若耽溺，甘为"硕鼠"，专权独断，荒淫无度，只能加剧社会矛盾，人心向背，则是另一幅民生疾苦、凋敝的社会画卷。

回荡于《陈风》男欢女爱般的文化惆怅，固然似"有美一人，伤如之何"（《泽陂》）那样针对具体，但其"洵有情兮，而无望兮"（《宛丘》）深蕴的、至痛的忧患及诉求却要另行对待。像《衡门》审视个体欲求的巧妙改变，宛若空谷回声，致思深远。和《陈风》乃至整部《诗经》歌吟所谓的"爱情"林林总总的诗篇一样，它对个体的正当欲求首先全然认同，然后再去回味那份正当欲求恰恰无从满足的、实现的、事与愿违的、震悚的"现实"当下，最后才严正声明，对婚姻大事、口腹之好建言献策，说什么娶妻不必挑挑拣拣，进食也如是，大可不必像孔夫子鼓吹的那样："食不厌精，脍不厌细。"——这，貌似"酸葡萄"心里在作祟，其实不尽然，大有寄沉痛于悠闲的旷达或无奈。"食色，性也。"孟子对他同时代人发表的高见极认可，揆诸《衡门》"建言献策"思及的领域，个体在世生存的基本面确荦顾及了。然而，如何正面"食""色"交困的现实原则呢？《衡门》开出的"慰情退步"解脱之策，平实而论，的确允当。

《衡门》计3节。"食""色"交困诸事见后。《诗经》

习惯于"重章叠句"地来抒情，修辞循序渐进，其首节往往佯色揣称，奠定了与"比兴"摩荡的情志大体式样，屡试不爽。《衡门》首节前两句，称容身之所（房子）再简陋也不妨碍居住；诚如所知，《诗经》总之是经孔夫子之手删定的，"贤哉，回也！一箪食，一瓢饮，在陋巷，人不堪其忧，回也不改其乐。贤哉，回也！"（《论语·雍也》）孔夫子赞美颜回，自然是继《衡门》之后发挥的，倡导"君子固穷"之类的观念，道德化评判意向炽烈；接下来的两句："泌之洋洋，可以疗饥。"针对明确，见解淳厚，贴近欲求实际。"洋洋自得"成语迄今贬义使用，从反面也能透露出其中被压制的语义实际。

泉水流量充沛，乃大自然的馈赠，是人在大地上栖居基本的、最后的保障，属于海德格尔意义上纯然的物；与自然"人化"的器具、筑居截然相歧。"食色，性也。"自古而然，概莫能外；但是偏离了对大自然馈赠所持的敬畏感，为渔色及口腹之好无所不用其极地抒情款待，就瞠乎其后，未必佳佳了。

"重章叠句"的修辞功用，犹如"不材之才"，出乎音乐美的形式约定，化育着"参天地而立"的抒情风神，同样不可小觑。

所以回到《衡门》后两节性情摇荡的趋势而言，它们之于鲂鱼、鲤鱼与齐国"姜"姓美女发表的否定性慨叹，似降格以求，实际却瞄向了欲壑难填的"欲求"本身。东周时分封的诸侯国几百个，陈地早早绝祀覆宗，见于《株林》《防有鹊巢》婉讽擅权者自乱阵脚的荒淫无道之行径的，即可意会，不胜唏嘘！

"月出皎兮，佼人僚兮。"同样对个体欲求采用"非道德化"处置方式的，"陈风"中还有《月出》。出离人世，情蕴迷离，似绝对的、梦幻的联动，把"情爱"鼓荡下的"快乐原则"提升到超越"必然"的"自由"境界，所以美奂美仑。较之"美人"

体态工笔细描，感伤氛围"戏剧化"巧妙的烘托，一如《卫风·硕人》《小雅·蒹葭》那样，它又何尝不是"强情执物"的楷模？汉儒"发乎情，止乎礼义"的见解，如果说汲取了孔夫子"思无邪"的合理成分，那么，代表"文明"发展程度的"礼"又何尝限于历史发展的既定状态从而一成不变呢？宋儒"以理杀人""以理节欲"，窄化了、压缩了"礼"的诉说空间，就是确凿的反证。

"反者道之动，弱者道之用"（老子《道德经》）。既然人为自然立法，追竞公平正义，以"礼"的名义约定的"重叠共识"则非锁闭的；想象奔放，"诗言志"，率真，平易，不但"即物生情"，而且"强情执物"，道器同构。中国强大的抒情传统，"作为永不复返的阶段而显示出永久的魅力"，生生不息。在"新诗经时代"勇于担当的诗人，的确任重道远。

三

面对滋育"陈风"古老的文化沃野，诗人田军类似的疑虑："风是谁吹来的/花是谁打开的/雪是谁撒下的/月是谁挂上的/神神秘秘/难得糊涂"，是需要相适应的破解之道；因为：

在生命的蓬勃中
最低最低的尘埃
亦会随风而起
让悲壮与高歌同行
——《最低的尘埃》

有鉴于是，他在《父亲的春天》《歌唱周口的农业之光》两首诗中给出了精彩的回应，前者见组诗《温暖的乡村》的开篇，如下：

> 我不敢随意地谈论春天
> 我知道，春天有轻柔的风
> 春天有微微的雨
> 春天有青青的柳
> 春天有淡淡的香
> 春天有萌动的生命
> 春天有昂扬的灵魂
> 可父亲的春天只有
> 冷、雪、炒面
> 有闪亮的刺刀
> 有震耳的怒吼
> 那是1951年的春天
> 父亲在朝鲜参战

情志显豁，取材于父亲真实的经历，后者翘勇豪纵，慨当以慷：

> 今天，我要歌唱，歌唱周口悠久的历史
> 歌唱周口厚重的文化，歌唱周口万里沃野和磅礴浩荡
> 从南方到北方，从西方到东方
> 这里一马平川，这里春风浩荡

正所谓："韬钤岂足为经济，岩壑何尝是隐沦"（温庭筠《山中与诸道友夜坐，闻边防不宁，因示同志》），相互比照，互文见证，诗人饱满、丰盈的抒情取径，或便于窥知。

不消说，产生《诗经》的时代，父父子子亲情的伦理维系，一如《小雅》《魏风》的吟诵："陟彼岵兮，瞻望父兮"（《陟岵》），"哀哀父母，生我劬劳"（《蓼莪》），就"孝"和"顺"际遇失序而哀鸣不已。天下一统，纲常森严，"遥怜小儿女，未解忆长安"（杜甫《月夜》）之类职责担当的"角色"反转（陆游《示儿》即为明证），跃居抒情传统的核心，直到"新诗"方兴局面才稍稍逆转。诗人田军对父亲的"崇敬"之情溢于言表，追溯于父亲当年（1951年）跨过鸭绿江、保家卫国的峥嵘岁月，亲情激荡，和"共和国"风雨同舟、与时俱进的文化担当交相砥砺分不开，"家国情怀"所以缔结得平凡而浩荡，"昔年双颔颔，池上霭春晖"（许浑《孤雁》），愿景落实，"春风不度玉门关"（王之涣《凉州词》）的怅惘又何必旧调重弹？海子为充满劳绩而栖居于大地的父辈们激动不已，"身上像流动金子""正当月光普照大地"（海子《麦地》），"掩盖我们横陈于地的骸骨"（海子《秋》），难道是因为"该得到的尚未得到 / 该丧失的早已丧失"（海子《秋》）从而悱恻，继而再"面朝大海，春暖花开"（海子《面朝大海，春暖花开》）郁郁不欢吗？诗人田军回眸父辈的峥嵘岁月所显豁的现代性的"乡愁"，显然对"无父何怙？无母何恃？"（《蓼莪》）伦亲认同下的传统"家国情怀"注入了新鲜的活力！

推进文明生态和谐共存的"农业之光"闪耀于当下，所以毋宁说是诗人持"崇敬"的抒情姿态的坦荡呈现。

在"技术"和"资本"加持下的后现代，抒情何为？应对非一，但为此指望"运动天枢转，奔腾地轴摧"谈何容易？诗人田军寄寓"农业之光"即时即地从容感怀，胸襟磊落，具体地落向"中原粮仓"生产形势、发展愿景的多方面描绘，迥非抱残守缺，而是基于于一个发展中国家如何应对"全球化"风险、提升文化自信的紧迫呼吁。"无农不稳",民生为本,一个十四亿的人口大国如果把"粮食"的命脉完全交付于外贸,任人宰割,岂不是缘木求鱼、画饼充饥吗?"中原粮仓",关乎国运,"视尔如荍,贻我握椒"。(《东门之枌》)"新诗经时代"奋勇前行的抒情华章:

把淡定放在淡定之中
把放下揉进放下之内
——《淮阳,新诗经时代》

将被刷新的、变成凝望的"最美的景致"随手接住,"与微风一起摩拳擦掌"(《三月,你好》),正大光明。

与你紧紧相依
感受你的温存
感受你的热烈
感受你的安静
感受你的品位
为你欢呼
为你歌唱
不离永不弃
——《在最美的景致里行走》

自觉担当,那将是多么葳蕤、丰富的开启!诗人田军的睿思总之融"古"为"新",莘莘大者,以此为胜,然否?是为序!

2024.11.19

目 录 / CONTENTS

第一辑　颖河风光颂

在沙颍河畔 …………………………… 3
春日，与友相遇三川大地 …………… 5
在周口，与你不期而遇 ……………… 7
谱写新时代的锦绣华章 ……………… 9
周口的十年 …………………………… 11
周口，我的文学之乡 ………………… 13
把初心给您 …………………………… 17
十一月，在周口师院 ………………… 19
歌唱周口的农业之光 ………………… 22
拜谢祖国 ……………………………… 25
希望的季节 …………………………… 27
难忘宋河 ……………………………… 30
致淮陈酒 ……………………………… 32
在月光下读《千字文》 ……………… 35
在一抹阳光里读你 …………………… 37
三月的黄桥 …………………………… 39

在桃园寻美 ········· 41
过陈州 ········· 42
周口港，我的秋水长天 ········· 43
我想成为一棵树 ········· 45
颍河观雪 ········· 47
以诗的名义，聚拢而来 ········· 48

第二辑　新诗经时代

淮阳，新诗经时代 ········· 53
在淮阳遇见苏园 ········· 62
在梅园，掬一捧春色给你 ········· 66
干净温暖而清澈的廉园 ········· 68
在最美的景致里行走 ········· 70
等你，在荷花苑 ········· 72
仲春，在淮阳一高 ········· 74
放飞春天 ········· 76
信　仰 ········· 77
三月，你好 ········· 79
写一首轻松的小诗，在羲城 ········· 80
在这个春天 ········· 83
春雨之夜 ········· 85
问荷（组诗） ········· 86
醉游龙湖 ········· 89
夏夜思 ········· 90
中秋，在淮阳一高 ········· 91
中秋，在淮阳莲舍 ········· 93

在陈州高中读秋	95
秋雨的对与错	97
冬日,又在莲舍	99
十一月,在淮阳莲舍	101
十一月,在淮阳东湖	103
冬　荷	105
蒲苇花	106
冬日的龙湖	107
在龙湖岸边读你	109
夜游龙湖	111
夜游龙湖四章	112
在淮阳等你(组诗)	114
写给淮阳	123
在荷花苑,看到了涌动的金黄	125
带你去个地方	127

第三辑　温暖的乡村

春　色	131
春天来了	132
温暖的乡村(组诗)	133
在小村,写一首中国新诗	137
冬日风景	139
小村的月光	140
小村的阳光	142
故乡的秋天	144
知　秋	145

秋日回乡	147
祝福母亲	148
等　待	149
槐　花	150
写一首诗给您	151
小院风光	152
在故乡，想您	153
今夜有诗	155

第四辑　零碎的言语

零碎的言语	159
最低的尘埃	162
有风的夜晚	164
盎然的心	166
铭　记	167
听《愿为你》感言	169
多美的声音	170
与友人话归乡	171
喜相逢	174
相遇二题	175
冬夜感怀	176
陈地怀友人九题	177
相　思	180
雨　思	181
听　春	183
远　方	184

会走的湖	185
盛开的期盼	188
追思	190
大爱在春光里绽放	196
平凡的你	203
最美的你	205
以爱的名义	208
有你真好	214
在中恒村，遇见风雨	216

附录 诗经·陈风十首

宛　丘	221
月　出	223
泽　陂	225
东门之池	227
东门之枌	229
东门之杨	231
防有鹊巢	232
株　林	234
墓　门	236
衡　门	238
后　记	241

第一辑

颍河风光颂

在沙颍河畔

在沙颍河畔
我看见了渐行渐远的航船
我看见了日渐日宽的河流
我看见了那深蓝深蓝的天空
那天边朵朵的白云
那岸边青青的小草
还有那默默无语
奋蹄向前的铁牛

渐行渐远的航船里
藏着四季如春的深情
日渐日宽奔涌的河流
吹醒了沉睡千年的歌谣
蓝蓝的天空里孕育着一场春秋大梦
朵朵白云里蕴含着一场暴风骤雨
青青的小草里燃烧着一团熊熊大火

春秋大梦里你梦不到我,我已幡然睡醒
暴风骤雨你淋不湿我,我正砥砺前行
熊熊的大火你燃不着我,我已站在新时代的高处

在这明媚如画的沙颍河畔

畅享着芳香丰满的日子
沙颍河,我愿与你一同前行
在生命的旅程里,与你同呼吸
共命运
哪怕去天涯去海角
让这自由和美丽的祝福
点燃生命和行走的速度

春日，与友相遇三川大地

春日，在沙河颍河贾鲁河
与友相遇
幸福的时刻在此汇聚
你看，四面八方、熙熙攘攘
川流不息、无穷无尽

来吧，都带着可掬的笑容
老的、小的、男的、女的
天南地北的、地北天南的
经商的、开会的、旅游的
结婚的、祝寿的、谈天说地的
经商的商讨你来我往、你多我少的价码游戏
开会的讨论 365 天的美好是非
旅游的欣赏着大河里野鸭戏水
拍下波光里惊美的一瞬
祝寿的品尝着世间最美味的佳肴
寻找最为巅峰的惬意
结婚的带着一生的相约
传唱着海枯和石烂的歌谣
用心弹奏一首永恒之曲
这是多么的美，多么地纯
这里宁静干净，万里无云

来吧,带着幸福的相约
来这里聚会,忘记疲劳、忘记烦恼
忘记主角配角
来这里让生命站立
来这里让生活灿烂
来这里让人生美丽
这里河水清清
这里芳草萋萋
这里春光永恒
这里时光最美

来吧,让我们带着不悔的初心
在这宁静的时光里
再写一首与人民同行的诗篇
再唱一曲与人民同行的赞歌
让这世间最美的永恒
定格在三川大地

在周口,与你不期而遇

初夏,一种扑面的缤纷
让我风尘仆仆地赶来
在周家口,在周口
与你不期而遇

这里是一个斑斓的世界
五彩的生活在此启航
人生有太多太多的无奈与凌乱
在此处都被无声地归拢
从小路小巷,到大路广场
从边边角角,到小区商场
从高速高铁,到大河之港
都归拢得井井有条又相得益彰
如春兰之秋菊
如清风之明月
如碧水之夏荷
这里有太多太多的故事与传说
追根溯源
积淀与复兴
都在历史的两端
若果取决于滥觞
从宛丘或陈之始

日月的升华中
这样的葳蕤与璀璨
就是一个简单的设计
就如这明媚的阳光

都说,大道至简
生活原来如此的轻松与美丽

与你相遇,在苏醒的周口
站在新时代的起点,就从这里启航吧
在互相的祝福中,甩开臂膀加油干
在互相的祝福中,多创新舒适与宁静
在互相的祝福中,让美好的河流更加风流畅通
在互相的祝福中,让惬意的航船更加昂首挺胸
在互相的祝福中,让奋进的周口继续砥砺前行

谱写新时代的锦绣华章

此刻,金秋的十月
我们站在新时代的舞台中央
此刻,十月的金秋
所有的声音和语言都充满渴望
此刻,十月的东方
鲜花在怒放,旌旗在飘扬
此刻,东方的十月
一部浩大无比的史诗在银河里闪光
此刻,在世界的东方,在中国的北京
正奏响新时代的锦绣华章
此刻,在天南,在地北
再次面对镰刀锤头,不忘初心信仰
此刻,在中国,在北京
一个伟大的政党举起了新时代的发令枪
此刻,书写"三个务必"
将谱写新时代的绚丽乐章
此刻,新时代的中国掀起了
实现第二个百年奋斗的历史巨浪
此刻,中国的新时代又要甩开膀子加油干
大踏步地奔跑向上
此刻,我们一定要居安思危
未雨绸缪把眼睛擦亮

此刻，我们一定要坚持五个重大原则
牢牢紧抓丝毫不放
此刻，首要任务
第一要务要牢记于心，默然于胸时时不忘
此刻，要举旗帜
聚民心育新人兴文化展形象，增强精神力量
此刻，要坚持自我革命
决不能松劲歇脚，持之以恒从严治党
此刻，要牢记五个必由之路
让巍巍巨轮在东方海洋中乘风破浪
此刻，我说：我自愿奋斗终身
为民造福，让民幸福安康
此刻，我说：我自愿舍身为民
牺牲自己，永兴我党
此刻，在东方，在世界的东方
在中国，在北京的人民大会堂
此刻，亿万万人民，九千万先锋
在欢呼在跳跃，都甩开了臂膀
此刻，让我们为世界、为中国加油助力
同圆一个梦想
此刻，让我们祝愿世界、祝愿祖国
更高更快，更富更强！

周口的十年

今天,艳阳高照
在艳阳里,我写下周口的十年

十年,不长也不短
十年,是浩瀚天际里的一个点
十年,周口甩开了膀子加油干
十年,涉深水闯险滩
十年,步子又快了一点儿
胆子又大了一点儿
十年,周口按下了最强的"快进键"
十年,看周口高速高铁一路向前
十年,看三川水系互联,临港经济吹醒了一艘艘航船
十年,看满城文化半城水,内联外通达江海的城区蝶变
十年,看产业结构由二三一向三二一加速呈现
十年,看改革、看开放、看民生
看"三高三优"抢占制高点
十年,腾飞的十年、升级的十年、出彩的十年
十年,苦干的十年、务实的十年、雄起的十年

十年,让我手握笔杆铺下信笺
让我收起澎湃的心潮把泪擦干
让我敞开无私的胸怀写北写南

我要把你写成通江达海的遥远
我要把你写成碧空万里的深蓝
我要把你写成四季如春的温暖
我要把你写成万马奔腾的三川
我要把你写成宽广辽阔的平原
我要把你写成永垂不朽的群山

周口，我的文学之乡

一

七月的日子
我要带着两颗红心回家
一个急切又激动
一个欣喜又谦卑
我急切
是又一次回到了阔别已久的故乡
我激动
是因故乡要挂金字招牌"中国文学之乡"
我欣喜
是要见证周口的唯一
我谦卑
是因人间有人
尘世有尘

七月的故乡，五谷丰登
故乡生长大豆、玉米和高粱
故乡生长红薯、芝麻和花生
故乡也生长一个又一个的汉字
这里生长《诗经·陈风》
你听：子之汤兮，宛丘之上兮

洵有情兮，而无望兮
这爱的绝唱在拔节生长
这里生长《千字文》
你听：天地玄黄，宇宙洪荒
云腾致雨，露结为霜
多么玄妙啊！高远而深广
这里生长《道德经》
你想：一生二，二生三，三生万物
多么哲学啊！这经典的滥觞
这片土地啊！可谓蓬勃葳蕤
生生不息，花果飘香

二

文学之乡，河南的唯一
何以周口
必须要对这个"唯一"说点儿什么
你看，不只是我
还有他，他们
男的、女的
白发苍苍的，青春年少的
他们围坐在周口文学馆里
他们情不自禁，滔滔不绝
他们讲伏羲的一画开天，肇始中华文明
讲周口龙文化、姓氏文化、陈文化、农耕文化和黄河文化
他们讲老子、讲孔子、讲陈国四子
讲程门立雪，讲包公下陈州

他们讲宋玉、讲应场
讲咏絮之才谢道韫
讲山水派鼻祖谢灵运
讲周兴嗣到皎然
讲陈抟、李梦阳到谢榛
讲张伯驹、讲穆青
讲刘庆邦的《鞋》
讲邵丽的《明慧的圣诞》
讲朱秀海的《穿越死亡》
讲著作等身"南叶北陈"的陈廷一
讲颍河小镇的孙氏兄弟
讲古代,讲现代,讲当代
讲周口作家群的崛起
讲的是心潮澎湃,热血沸腾,心花怒放
洋洋万言,不舍昼夜,东露曙光

三

周口,生我养我的地方
这里,每一寸热土都缔造传奇
这里,每一寸热土都承载梦想
这里,沙河颍河贾鲁河三川汇聚
这里,通江达海浩浩荡荡
临港新城让中原瞩目
道德名城、文化名城让国人敬仰
这里,是科技创新的新城
这里,是河南最大的中原粮仓

这里，是诗歌之乡
这里，是戏剧之乡
这里，是杂技之乡
这里，是书法之乡
这里，有写小说的、写诗歌的、写散文的
写评论的、写剧本的、写书法的
有画画的、唱歌的、唱戏的、变戏法的、耍杂技的
这里有工农商学兵，生旦净末丑
他们用蓬勃的热爱和蓬勃向上的力量
在豫东大地，在三川之上
由"点"落"捺"，大笔如椽
抒写着生命的辉煌

四

周口，我的文学之乡
周口，生我养我的地方
我热爱，热爱这片古老而神奇的土地
我热爱，热爱雨后春笋般拔节温暖的阳光
我热爱，热爱新时代新征程上绽放的光芒
我热爱，热爱这片土地上的一切一切
直到用尽一生
不犹豫，不退缩，不彷徨

把初心给您

在这个季节,收获的季节
我真的很知足,内心充盈
简单、乐观、向上
也希望你也一样,好好爱祖国
爱这片土地,爱我们的父母
和家人

这个季节,微雨下着
沐浴着阳光,沐浴着春雨
就听见嘀嘀嗒嗒的幸福和幸福的新时代
还有这哗啦哗啦的雨声
一起缓缓来临

想想平凡的世界,和平凡的自己
一点一点地努力,现在的一切令人惬意
多么地自由啊!
散步,看书,写诗
为下一个目标奋进
内心常常被幸福包围着
想起这五十六个民族,五十六枝花
多么地快乐,多么地开心
想起父老乡亲们,多么地欣慰,多么地相亲

人生的很多选择，没有对与错

事业、爱情、友情、亲情

祖国的深情

能与您不期而遇，真好

不远亦不近，相守相望

不惊亦不扰

让思念生出美丽

祖国啊！相望，让心灵有了归处

人生啊！懂得，让幸福生长在这片热土上

大地啊！有您暖暖地住在心底

我要把亲亲的热恋的

初心给您！

十一月,在周口师院

去年,这个时日
阳光灿烂,干净
今年,这个时日
灿烂的阳光里
又多了些温暖和宁静

你看,那一枚枚的
柳叶儿,金灿灿的
多了一些妩媚和生动
那一棵棵的
小草儿,金灿灿的
多了一些希望,期待苏醒
就连校园里来回溜达的风儿
亦兴致勃勃
在揽月湖边岿然不动
就连藏在空气中的氧
亦更加饱满和丰盈
就连那清水河里的流水
亦撒娇地多开几朵浪花
留下最初的浪漫和万种风情

这个时日,在周口师院

两万多朝气蓬勃的青春里
突然注入了一拨一拨的
披红挂绿的,骚客文人
既是这样,还有什么说呢
三天的盛会,在周口师院里沸腾
七十二小时,在周口师院
说的是过去的事,唐诗宋词汉文章
还有《诗经》
谈的是现代的事,《背影》《边城》《白鹿原》
还有《蛙》声
讲的是当下的事,两个"双百",新时代
中国精神,还有"两个文明"
扯天上的事,地下的事
高处的事,低处的事
还有将来的事
三天,在周口师院
有这么一群人,和来自北京的
郑州的,来自五湖四海的人
分享着压力和困苦
分享着回忆和憧憬
分享着失败和胜利
分享着泪水和感动
分享着爱和被爱
还有忍耐和包容

三天,在周口师院
一堂堂课开阔你的视野

一堂堂课点燃你的激情
一堂堂课洗刷你的灵魂
一堂堂课铭记你的一生
多么地美好，多么地灿烂
在周口师院
阳光温暖，干净，宁静

歌唱周口的农业之光

今天,我要歌唱,歌唱周口的农业之光
河南周口,羲皇故都,老子故里,我的家乡

今天,我要歌唱,歌唱周口悠久的历史
歌唱周口厚重的文化,歌唱周口万里沃野和磅礴浩荡
从南方到北方,从西方到东方
这里一马平川,这里春风浩荡

今天,为1100多万英雄儿女
为占河南七分之一的粮食产量,我要歌唱
这里土地肥沃,11959平方千米,2000万亩耕地
年产90亿公斤的粮食产量

今天,迎着澄澈的秋月,我要歌唱
国家粮食看河南,河南粮食看周口
这第一的赞誉不是梦想

今天,迎着秋月中的三川大地,我要歌唱
周口国家农高区成功跻身准国家队
为周口农业腾飞装上了引擎,插上了翅膀

今天,捧着那贝壳一样的小麦,捧着那珍珠般的玉米

我要歌唱
你看，在那满目金色的碧浪里
收割机卷起欢唱的诗词，装满中国粮仓

今天，面对那畅连通达的高速高铁，我要歌唱
大众创业，万众创新的大数据云计算互联网
为谋事创业的新常态培育绿色土壤

今天，为通江达海的沙颍河，为蓄势待发的周口民航
我要歌唱
富民强市的战鼓已擂响，因地制宜，精准发力
把开放的臂膀伸向四面八方

今天，为七个专项行动，为十五个工作目标，我要歌唱
用现代物资装备农业，用现代科技改造农业
用高素质人才赋能农业
周口一定空前精彩，非同凡响

今天，为小麦全产业链创新发展，科技经济一体化建设
我要歌唱
人才高地，创新高地，产业高地，众创空间，星创天地
省级创新创业平台新增十个以上

今天，为全年转化粮食 80 亿公斤
粮食经济总产值达 270 亿元，我要歌唱
发挥生产优势，区位优势，水运优势，现代化仓储优势
迎着朝霞的旗帜猎猎飘扬

今天,面对这个蓬勃的季节
面对一曲曲前所未有的乐章,我要歌唱
新品种新技术推广 300 项,年总产值达 350 亿元
良种覆盖率达百分之百
年收入超 10 亿元,涉农产业企业 6 家以上

今天,为打造中原粮谷,我要歌唱
要坚持质量兴农,绿色兴农,品牌兴农
敢于较真,敢于担当

今天,为农村美,农村富,农村强,我要歌唱
要把畜牧养殖业做大,要把蔬菜产业做优
要把粮食种植业做强

今天,我要歌唱,为新时代新征程展现的新作为新气象
为快速增长,潮涌万象的农业之光
今天,我要歌唱,歌唱周口的农业之光
更明媚、更出彩、更辉煌!

拜谢祖国

国庆节,不远千里
携带着最执着最干净的初心
掬一捧又一捧潜藏的言语
在天安门前,拜谢我的祖国

不敢犹豫与彷徨
虔诚地,在心中敬上三炷香
香烟袅袅,香味氤氲
不问日月与星辰
不问白发与年少
不问小麦玉米大豆和高粱
不问群山江河湖泊草原和沙漠
恭恭敬敬,一拜
感谢您啊!呵护着我们的暮暮朝朝
恭恭敬敬,二拜
感谢您啊!滋养着这五谷丰登的大地
再拜,点一盏灯
照亮来路,照亮宇宙
照亮高速高铁,照亮海底世界
照亮天地人间最崇高的理想

再祈祷,国富民安和伟大的时代

我的祖国啊，我知道
在大地的每一个角落
那飘扬的五星红旗
正展示着您的崛起
解密着硕果累累的山河
颂唱着新时代的赞歌

希望的季节

这个季节,我的内心充满希望
就如那东湖之水之荷
苍翠欲滴,蓬勃向上
就如那西湖之柳之叶
春风拂面,灿烂阳光
就如那清风路文正路康乐路上
之葳蕤之碧绿之兴旺
就如那朝祖大道宛丘大道陈都大道上
英姿飒爽四射之光芒
就如那明礼路明义路明仁路上
轰轰烈烈的速度之光
就如那龙都大道上挖掘机推土机
机扫车洒水车
川流不息之奔波繁忙
就如那清运工环卫工志愿者
之奉献之苦干的责任担当

这个季节,我们拥有千个万个的梦想
希望桃花开杏花红,百花齐放
希望碧绿涟漪快快生长
希望龙湖之水昂扬向上
希望太昊陵之滨多姿旖旎

希望古城之夜溢彩流光
希望朝拜人祖的人,东湖采莲的人
都收获幸福和五彩缤纷的梦想

这个季节,是一个蓬勃的季节
一个个一群群群情激昂
在你追我赶,扬帆远航
汗水泪水牺牲奉献
弹奏成一曲曲前所未有的乐章
那稳健的步伐迈得那样坚定辉煌
那大干快上三五载是那样情深意浓
语重心长
那森林公园湿地公园梅园廉园植物园
园园碧绿,快速增长
那铁流滚滚奔涌向前是疾驰的高铁在飞奔翱翔
那马达轰鸣震天动地的大船扬帆东去驶出了中心港
这个蓬勃的季节,到处都流淌着金色的光芒
空气里弥漫着甘甜
时光里流动着荷香
这丝丝缕缕的风你闻一闻
这点点滴滴的水你尝一尝
蓬勃同心的力量
都在这风香水润的古城里蕴藏

这个季节,是一个呼唤成熟的季节
他呼唤大众创业万众创新的
大数据云计算互联网

他呼唤我们在风华正茂的新征程中
更加步履铿锵
他呼唤我们脚踏实地开拓创新勇于担当
他呼唤我们文明城卫生城园林城绿化模范城
双拥模范城五城联创
他呼唤我们撸起袖子甩开臂膀
他呼唤我们奔跑起跳翱翔
他呼唤我们在新时代新征程展现新作为新气象
他呼唤我们朝着初升的太阳
一飞冲天，不可阻挡

难忘宋河

宋河,古名今用
你从春秋出发,二千多年了
感谢问礼的孔子,感谢汉唐
感谢大宋皇家的拜谒
更感谢老子的盛情
你才给了大地,给了这个世间
一个又一个的欣喜
在微微小酌里
让大地忘记了雨水的颜色
在酩酊大醉中
让世间忘记了惆怅的味道
那些充满期待的光影
那些飘飘欲仙的云彩
那些来来往往的东西南北中
都情不自禁
在中国节日里与你重逢

东奔西走,要喝宋河好酒
多么豪放,多么响亮
都说,你从隐阳山而来
一路芬芳流淌
流向黄河,流向长江

流向草原平原
流向崇山峻岭
谁遇到你
谁都遇到了生命的花开
只要你在
人间烟火葳蕤
山山河河醉美

致淮陈酒

一

我打开了那一页精致的封面
一股浓香的气味优雅地进入了
拼搏厮杀前的程序
毫不犹豫

那翻着浪花的玻璃杯
不讲有没有阴谋
让清澈随之入住
尘埃落定,从现在起
共同举杯
唇齿的向往已不成问题

风光旖旎,神采奕奕
不以成败论英雄
一杯复一杯,直至喃喃自语
淮陈淮陈,跪倒又雄起

二

神农井水,千年陈酿

都说你是美在
餐桌上的修辞
你是史诗,是大咏叹
你是火把,是风雨
是奔放的河流
是汹涌的江海
是静静的一轮明月
是熊熊燃烧的太阳
端起满满的一杯
让多少英雄心花怒放
今夜不醉不归
删繁就简,挺起胸膛
让美的修辞就定格在
那一张张灿烂的脸上

三

摊开自己,就是小麦和高粱
用加速度,发酵热情
用倒计时,丈量温度
用精细化,调出至臻醇厚
用个性化,展现美丽与风流

四

如果,我是诗仙李白
可否借你写下诗文百篇

如果,我是英雄武松
可否借你景阳岗夜行一回

五

一切的一切
都在彼岸
摘下面具
让夜晚澎湃起来
让星空浩瀚起来
人生难得几回醉
一杯一杯复一杯
劝君更尽一杯酒
千年淮陈,万里江山
醉美

在月光下读《千字文》

在月光下
品读你的《千字文》
能读出宇宙人生
读出伦理纲常
读出千年的文明
读出人生的熙熙攘攘
一千个不同的撇捺组合
是一千个不同声乐的交响
天地玄黄,宇宙洪荒
日月盈昃,辰宿列张
读下去
如帷幕徐徐拉开一样
这,变化莫测的故乡
等你翻阅和品尝

在月光下
从一千个背影里
寻找心中的故乡
古称秣陵,今称沈丘
一个一千四百多年的城市
历经酷暑寒霜,古老而沧桑
万从一上数,大从小中来

如今你苍翠欲滴,蓬勃昂扬
小麦、玉米、大豆
高粱、棉花、花生
持久反复,葳蕤生长
颍河、蔡河、泉河、汾河
河河奔流,达海通江
翻涌的激流平静而悠长
周钢码头、铁路专线、高速高铁
打开了你腾飞的翅膀
芯片电池、低速风电、安钢电磁、康雅家纺
在豫东大地率先启航,领先飞翔

启航飞翔,飞翔启航
在月光下
一千个不同的汉字
如同千万个浩瀚的星海
照耀着你
千万个不同的梦想
在宇宙天际间茂盛地生长

在一抹阳光里读你

清晨,站在女娲广场里
面对飞天的女娲
畅想飞天的美丽

阳光倾泻而下
一个甜美的少女
静静地在阳光下沐浴
如墨的秀发丰盈而饱满
亭亭玉立的身材
在醇香阳光里入味
碧绿的光影酝酿着成熟的嬉戏
一簇又一簇的
亮丽又貌美的梨花桃花
幸福无比的我
在留白的风景中添了一笔
那缓缓舒展的心扉
多像你面对的
一抹阳光
让我忍耐不住
轻轻地、暖暖地
读你

我在虚无渺茫的宇宙里读你
读你的博大与精深
我在广柔的大地里读你
读你的宽广的胸怀和仁慈的心
我在明媚的阳光下读你
我在璀璨的星海里读你
在风霜里读你
在雨雪里读你
我要把五彩石读给大宇宙
我要把黄土地读给新人类
我要把舞蹈读出强大读出力量
读出你飞天的美丽

你真的很美
勇敢的美，坚毅的美
柔和的美，慈祥的美
美美与共，让人心醉

三月的黄桥

三月三
应邀去西华黄桥

黄桥村
没有黄桥烧饼
黄桥村
有黄桥桃花
一万亩抑或两万亩
桃花到时就开
掺和着油菜花儿
播撒着各种各样的芬芳
一群争奇斗艳的女诗人
把娇柔还羞的
把含苞待放的
把心花怒放的
还有千呼万唤的
桃花
映衬得如痴如醉
欲罢不能

在沙颍河岸
桃花追逐着河流

一群群
男人、女人、老人、孩子
被弯弯曲曲地揽在怀里
一阵微风吹过
一浪高过一浪的喜悦
弥漫了整个黄桥
平平仄仄、仄仄平平的黄桥
开始在诗人的笔下
开花做蕾

在桃园寻美

在黄桥桃园
想把美女和桃花
放在一起
觉得这样组合,称心如意
一个在春光里薄如蝉翼
莲步轻移,心绪放飞
一个在春风里扬臂展翅
得意洋洋,吐故纳新

放飞的,心猿意马,情非得已
得意的,努力绽放,坚定不移

请不要嘲笑,这些
毕露的原形,或者
原形的毕露。这春天

就是生长着喜悦,这春天
就是赞赏着花开
有阳光你就挥霍,包括绿色、花开、雨露
和远方的远方

过陈州

那个秋天,那场微雨里
曾在太昊陵午门与蔡河的唇齿间驻足
轻声唤来推车的阿婆
要一碟小菜和一碟油炸花生
平添几多欣喜与快乐

站在龙湖广场里,南望
湖水汤汤
于弦歌的悠扬中
流淌出陈风的恣意与潇洒
那时啊
将你唤作滥觞

也曾在秋风中看到白龟之背的八卦
听风声过耳,印证人祖伏羲的神话
也曾拷问过历史,却给不了正确的回答

后来啊
我在平粮台深深的土层里
清空了所有的闲愁
这里是根,这里是家,这里真真是我的中华
高歌着我心中的远方和春秋冬夏

周口港,我的秋水长天

你就是云层里那一轮弯月
不管阴晴缺圆,不管细雨慢慢
无怨无悔,照亮着浪花朵朵的航道
和巨轮前行的方向

你是我的秋水长天
不管是暂时的别离
还是别离后的拥抱
那一点点的花开
定会落在指尖
留香在奋进的征程中

春风习习,吹醒了三川的河流
劈开了你跨江入海的巨浪
夏雨滂沱,激情的千万周口人
拼抢赶超,奋勇争先
秋日灿灿,收获金色的深情
辉煌了我的秋水长天
冬日暖阳,甩开膀子加油干
试看高楼万千满目琳琅

星斓夜轻,心语点点

我欲驾鹤乘风

幻变为仙

手指轻点

让落霞与孤鹜齐飞

让周口港扬帆远航

一路高歌猛进

我想成为一棵树

"小槐树,槐树槐,槐树底下搭戏台,人家的女儿都来了,俺的女儿咋没来……"唱着这儿时的歌谣,在沈丘槐园,看着那浓密茂盛的槐树,那道劲向上的力量,让我真的想成为一棵树。

——题记

一棵小芽
在旷野、路旁、高山、村庄
崖壁、沟壑、河畔上
在湿湿的土壤里
把自己膨胀
睁开眼,张开嘴,探出身
吮吸阳光
慢慢地
自由地生长

一缕缕阳光
穿行你绿的海洋
一棵树
在时间的隧道里成长
在阳光的大海里徜徉
你在哪里发芽
就在哪里生长

山崖、河畔、草原、湖泊
村庄、大漠
你站在那里
是生活的方向
交错的根须
是生命的希望
你吮吸着阳光
温暖、幸福、安详

在祖国大地的怀抱里
我多么想成为一棵树
把思想、信念、苦难和浪漫
把希望、憧憬、过去和现在
随同阳光流入你的叶脉
把炽热和奔放倚靠在你的肩膀
品尝你晨曦里叶尖上的晶莹
默读你午间叶脉上漏下的阳光
聆听你星光下与苍穹的低语
从你伟岸的身躯里汲取呼风唤雨的力量

我，真想成为一棵树
站在天地之间
与风霜雷电抗争
与雨雪雾霾抗争
与喧嚣、浮躁、迷乱抗争
自由自在地向上生长
向上生长

颍河观雪

昨夜,一地落英
轻敲着冬的音符
把最纯真的梅香
散落在人间
瞬间,颍河两岸荻花茫茫

在这冬日的傍晚,我轻抚着夜色
将飘飞的雪花写成闪闪发光的诗行
让一颗晶莹的诗心
轻轻滑入梦中
拥一卷墨芳,披一身雪白
在心底藏一朵晶莹的雪花
让一片冰心在颍河里缓缓地流淌

你从遥远的天际走来,不辞劳苦
轻轻落在颍河两岸
落在我的肩上
在这素雪相思的夜晚
我与你
携手蘸墨,酝酿诗香
携风花雪月,与最美的沙颍河
共舞一场

以诗的名义,聚拢而来

在春天,以诗的名义
从四面八方,我们聚拢而来
紫荆花诗会,多么地亲切
历经风霜雨雪,为期盼而来
别开生面,在紫荆园
在春天,写下诸多隔行的文字
与你一起盛开

这是一次真诚的相约
相约在春天,去看你花开
青翠欲滴的叶芽尚在孕育
枝丫间,一嘟噜一嘟噜
一簇簇的,一枝枝的
都在阳光里盛开
把春天开得辽阔
把岁月开得滋润
把春天开得透明又清香
把生命开得灿烂又辉煌

你若不心疼
我就采摘一些
旁逸斜出的枝条

把春天的喜悦与温馨
把春天的柔美与温暖
还有我的天真与思念
用心编织成一个精致的花篮
遥寄我远方的兄弟与亲人
让世间精彩纷呈的生命
尽染春色烂漫

在紫荆园里，相约春天
树树花如锦，春风无浅深
这生命中的精彩纷呈
聚拢而来，在诗词里盛开

第二辑

新诗经时代

淮阳，新诗经时代

一

子之汤兮，宛丘之上
此刻，我站在龙湖西岸
向东眺望，碧水悠悠
一群野鸭像一群思想者
一字排开，讨论清澈与透明的概念
湖面如此辽阔，宛如静静的宇宙
一片干枯的冬荷围绕着读书亭
如宇宙里另一个星球
我深感龙湖的博大精深
从辽阔里读千年的《诗经》
推开这繁华的尘世间
我俨然成了一个复古的诗人

二

此刻，再次向东眺望
西铭山上鼓点正浓，钟声阵阵
山的四周依然碧水畅流
淮阳古称宛丘、陈、陈州
那时的湖水依然畅流

八千多年,文明的滥觞
积淀了多少可以打捞的
往事与传奇
湖水涌起,一波又一波
涌向人祖门前的蔡河
连起你、我、他的前世今生

三

这是中原的一颗明珠
日夜照射着四方来客
清澈的湖水荡漾着人生四季
传唱着千万年的古老传说
风声、水声、鸟声、读书声
穿越村庄,穿越天空,穿越苍穹
宛丘、陈、陈州、淮阳
一春又一春,一冬又一冬
这两万多亩的水泽之乡
这蕴藏着万年历史的内陆之湖
写出了多少出彩的诗词文章
从古至今,那么多的诗词达人
从《诗经·陈风》开启,万万千千的
平平仄仄
如这湖里的水滴
滴滴都闪着光芒,照亮着烟火人间

四

划一艘小船
在湖心里荡漾
看见一湖的花开
将辽阔的天空开得葳蕤蓬勃
热烈又怒放
一只花喜鹊和另一只花喜鹊
从湖面飞过
一对老夫妻和另一对老夫妻
在湖岸边散步
满脸的笑意在阳光里闪烁
一波一波的浪花携着微风漫游
如天际无忧无虑的云彩
我撩起船边碧水
幸福与欢乐同在
恰似那童车里手舞足蹈的
小孩
湖里的蒲与荷联袂而歌
风推着摇摇摆摆的小船
藏在湖水深处
看野鸭戏水和湖里碎银闪烁

五

走出湖面,不等暮落
在羲皇广场,看到了天地的广阔

有碧绿青翠，还有清澈见底的蔡河
迈开轻盈的步子，过午门
是文你走东，是武你走西
倘若从中间走过，做一回皇帝
如何
听不见锣鼓，听不见吆喝
却看得见蜂拥而至，花红柳绿
和南腔北调
这里有太多太多的蜂拥
也有太多太多的传说
兄妹成婚，抟土造人，女娲补天
结网罟、养牺牲、兴庖厨
定姓氏、制嫁娶
画八卦、刻书契
作甲历、兴礼乐
造干戈、诸夷归服、以龙纪官
皆伏羲圣迹
什么都不要说
敬上三炷高香
与耳柏亲密一次
把心中的夙愿告诉
人祖伏羲
该是多么地惬意与快乐

六

静下来

慢慢地静下来
丢掉蜂拥和喧嚣
带着心中的秘密，去画卦台
东倒西歪一次
或酣然入梦，在白龟池边
与人祖伏羲爷同悟八卦之灵
站在神龙桥上
听湖水无语，人间清净
看天高地阔，满湖繁星
学伏羲爷双手合一
默默吟诵
一生二，二生三，三生万物
生生不息

七

在荷花苑，会被一朵更美更大的
荷花惊艳
在惊艳中回想着来路上的奇遇
一朵花，绽放生命里的美好
一湖的荷花，百转千回
沉香岁月流年，繁华落尽

在清晨，在午后，在傍晚
或欢乐，或心烦
来吧，穿越满湖葳蕤
忘记风，忘记雨

去平粮台走一走,看峥嵘岁月
用单纯的青春、蓬勃的激情
丈量高度的概念
在平粮台上眺望
月出东门兮,一帘幽梦
千年万年兮,春风十里柔情

八

在南湖宾馆的餐厅里,临窗而坐
远望,有时会看见嬉戏的野鸭
一只蜻蜓落在碧绿的荷叶上
一簇又一簇的芦苇与习习的夏风
一起摇摆
高高低低悠悠扬扬平平仄仄的琴声
飘过弦歌台
掠过一波三折的九曲桥
迎面扑来
若果有丹青妙手,绘一幅临窗而坐
的你
定会惊世骇俗

临窗而坐的理由很多
主谋是谁的设定
朋友、同学、战友
抑或无法确定
倘若你临窗而坐一次

在推杯换盏间,随意品尝一道
烧蒲菜
恍若隔世的低低弦歌
心无杂念,茫茫之湖兮
长歌悠悠
璀璨了万家灯火

九

在南湖之南,三里
一堆土丘,又一堆土丘
一字排开,心心相连
说是曹植的衣冠冢
两千多年了
绿色的生命蓬蓬勃勃
一季又一季,一冬又一冬
没有找到叫衣冠冢的理由

这里,不种麦也不种豆
一条小河在土丘前静静地流淌百年千年
一个村庄在土丘前生生不息、永不停歇
土丘上圆下方,一高二低
村庄茅屋低洼,二百多人
时光似白驹过隙,光阴以箭
小河还是那条小河,河水清澈见底
夕阳西下,能看见河底碧绿青翠的土丘
村庄还是那个村庄,只是高楼大厦

鳞次栉比
土丘还是那个土丘，只是平添了许多新绿
和许多的游人
这里，还是不种麦
也不种豆

十

扭头桥，为何在桥上扭头
一见钟情，顾盼生辉
总要找个存在的理由
故事离奇伤感又那么地美好
许仙与白娘子，梁山伯与祝英台
诸如此类，无法查找
把淡定放在淡定之中
把放下揉进放下之内
新时代有新时代的加减乘除

不妨在扭头桥上再扭一次
在满目的青翠里、你内心里
激发出了多少自由的欣喜
红的白的是花，绿的青的是草
低的洼的是水，高的是山，矮的是亭
弯的曲的是路是坡是小桥
绕着花的是蝴蝶是蜜蜂
依偎小草的是蚂蚁是蛐蛐
亲吻着水的是野鸭是青蛙

山上的，亭下的，路上坡上小桥上
都来来往往欣欣然然念念有声
这里是有诗有画有雨有风的苏园

就是这次不妨的扭头，再看时
走来的人群中，走来了一串串的惊喜
惊喜挂在亭檐边，挂在青翠的枝头
苏轼、苏辙就坐在枝头下的亭子里
谈笑风生，畅想着这安然又奢侈的生活
时间安静地匍匐在万物之上
一首抒情长诗弹着抒情的长调
在苏园里弥漫开来

在淮阳遇见苏园

一

在淮阳,我有一种渴望
我渴望,如龙湖水一样
不自觉地,身不由己靠近你
靠近你,而今迈步从头越
让风吹着风,让雨淋着雨
让尘埃洗涤尘埃
让阳光照亮阳光
不因怀疑而停止
不因死亡而消失
靠近你,从心灵深处
移来它山之石
在最熟悉的地方
面向龙湖
面向东方
用如椽大笔,奋力刻下
一行大字
苏子读书园

二

我渴望,遇见你
该是最美的惬意
穿越千年的时光
在子瞻苑读古今之变
看青青的草,观清清的水
拦白白的云,牵微微的风
与苏轼、苏辙兄弟共读
"惟有柳湖万株柳
清阴与子供朝昏"
遇见你,就遇见了幸福
遇见了知己
就遇见了诗中神仙
款款耳语
写下徐徐清风
和豪迈诗句

三

我的渴望,真的如湖水一样
清澈里泛着青春的萌动
浪花里潜藏着千年的铅华
这湖水洗涤过你的迷茫
这湖水滋润过弟兄的深情厚谊
这湖水里孕育过最华美的词章
翻阅一页页尘封的历史

你是否在读书台
正等着这千年之后
神秘而丰富的开启

四

我的渴望，真的如湖水一样
融入你的血液
慢下来，慢下来
在映月潭闲庭信步
赏满园葳蕤
看静水深流
在七松亭细细品茗
《蝶恋花》的味道
唱大江东去
念千古风流人物
用清新、用婉约、用豪放
用最浓郁的书香
将心包围
将爱穿越

五

我执着的渴望，如湖水一样
不老
追溯着千年跳跃的时光
在登高处瞭望

我看到湖面上飘来
最美的诗行
在小桥上俯视
微澜的溪流
戏水的鱼儿
追逐着白云
飞翔
这棵树上，还有那棵树上
歇脚的鸟儿、虫儿
还有那忙碌的蚂蚁
徘徊徘徊复徘徊
那晨练的，唱曲儿的
那舞剑的，扭秧歌的
男的，女的，老的，小的
徘徊徘徊复徘徊
在碧绿苍翠间
在花木山石间
在亭台楼阁间
一遍又一遍地怀想
这浪花一般的晶莹之园
这欢呼雀跃的葳蕤之园
这静谧安澜的荡漾之园
白日栽花种竹
夜阑听雨写诗
把酒临风兮
该与谁同眠？
又等谁品尝？

在梅园,掬一捧春色给你

一阵微寒之风掠过天际
在淮阳梅园里忙个不停
年轻的、年老的
花红柳绿的
自由自在,闲庭信步
在健康步道上行走
偷看那一树一树的花红

立春之候
应是蓬勃的节季
阳光无忧无虑
轻轻推开云朵
慈目善眉、笑意轻盈
覆盖在梅园上空
鸭知春暖
在梅园凝香湖里洗浣
抖落春水点点
几只鸟儿在梅枝间嬉戏
讲述着,青梅煮酒的传说

一阵又一阵的微寒之风
静静地在花溪谷里不停穿梭

我赶不上那些活蹦乱跳的
青春和萌动
只有轻移步履保持庄重
甩掉一切杂念
掬一捧春色给你
看梅朵云卷云舒
倾吐浓浓诗情
在微寒的季节里
寻梅探梅问梅品梅
破茧涅槃
你看古梅园里
那自由舒展的枝丫
斜的自在
横的新生
疏的阳光
瘦的神明
这个中意蕴
谁能读懂

浸润在香海里
哪里有暗香可寻
又一阵阵微风吹过林中栈道
随手接住一枚最美的童话
在夜幕开启时
醉看挑灯时最美的笑靥
虽怀揣梅香的蕴意
却始终没寻到梅开的剧终

干净温暖而清澈的廉园

在河南的豫东,豫东的淮阳
有一座以"廉"命名的廉园
若用道路来定位廉园
该写下羲皇大道与
陈风路的交叉
若用河流来定位廉园
她就依偎在淮郑河旁
若用幸福来定位廉园
该让阳光、祥瑞、合和等
诸多花园的居民畅谈
若用清晨来定位廉园
请问问那些晨跑的、舞剑的、练声的
耍长鞭的、跳长绳子的
若用傍晚来定位廉园
请问问那些跳舞的、唱歌的、唱戏的
担经挑的、买泥泥狗的、买布老虎的
若用廉字来定位廉园
则是最为恰当
也最美不过

从廉园的健康步道起步
最美的景致变成了凝望

你凝望碧绿葱葱

生机盎然焕发了蓬勃向上

你凝望一个个静静矗立的雕像

从陈胡公、汲黯、包拯、张咏、晏殊

到范仲淹、狄青、沈括、刘拱宸、刘更寿

一笔一画地刻画出他们

大公无私、廉洁奉公、两袖清风

铁面无私、刚正不阿、百世流芳

你在百米廉廊里凝望

你在《爱莲说》的壁画前凝望

你在廉字广场上凝望

你在廉洁小故事的画廊里凝望

方知诸多先贤留下的

一部部千古绝唱

回想葳蕤的历史和葱茏的过往

徐徐清风在廉园里起伏跌宕

干净透明清澈的廉园

厚道温暖谦和的廉园

正义的新生的向上的力量

碧绿的葱茏的葳蕤的蓬勃

在一次又一次的凝望中

洗涤着震撼着

平和富美而干净的人间

天堂

在最美的景致里行走

是夜,在伏羲文化公园里散步
欣赏着璀璨的花样路灯
目睹着东来西去的熙熙攘攘
可爱的小女孩穿着花样的裙子
小小的舞步跳得锵锵美丽
凝望着那春芽破土的青春
在心底
细细地端详这公园的模样

在这里,碧绿在这里汇聚
在这里,苍翠在这里汇聚
在这里,清脆的鸟声在这里汇聚
在这里,一波波的欢歌笑语在这里汇聚
一池池泛绿的春水在这里汇聚
一阵阵轻轻的微风在这里汇聚
一树树摩拳擦掌的叶语在这里汇聚
一簇簇五颜六色的花红在这里汇聚
这千姿百态的汇聚
与银色的月光融为一体
热烈怒放燃烧着
无与伦比

我知道

这里刚刚经历过一场战役

一场悄无声息又无硝烟的战役

一场说干就干、敢说敢干的战役

一场为改善生态环境而战的战役

一场为提升城市品位而战的战役

这场战役让1412户的房屋叠土为山

让27万平方米的土地突现盎然绿意

在这里

27处园中园园园碧绿青翠

一座座书屋驿站站站琳琅满目

民族共同体园内处处扑面民风

立体宛丘乐园里溢满欢歌笑语

在你最美的景致里行走

让我深情地、大声地呼唤

我愿放下我的所有

与你紧紧相依

感受你的温存

感受你的热烈

感受你的安静

感受你的品位

为你欢呼

为你歌唱

不离永不弃

等你,在荷花苑

在这秋凉如水的
夜晚
我在宁静的荷花苑里
等你

望茫茫夜空
想深吸一口气
缓一缓文字之重
而思绪无路
风与雨也太近
隔绝不了的旧世之音
《诗经·陈风》
始终在现世回旋
摸摸唐诗宋词
回忆起褪色的往昔
在这熙熙攘攘的红尘里
拾捡春风里的雁去雁归
落花流水春去也
小楼东风昨夜香
秋荷已不复当初
梧桐细雨风惊碎
草绿天涯,残音袅袅

无限的风光在你的手心里
把你眸色的往昔收藏
就这样
静静地伫立在荷花苑里
多么单纯的一次等待
美好的誓言宛若夜空的流星
击碎我心底的一捧春梦

今夜，荷花苑里
人流喧嚣如潮
前行的步子，都字正腔圆
并以喝彩的勇气呐喊
这一刻，黑夜浓缩成斑斓的文字
让我写下纯粹的梦呓之词
浏览那一簇一簇的荷花
懒于梳理这疯狂的美丽
相信你，懂得你
快来这烟火人间
让我手捧一束荷花
在这清凉的荷花苑里
等你

仲春，在淮阳一高

仲春，2019 年的仲春
春天与我们相约
相约在淮阳一高
一群蓬勃向上的人
怀抱着
一缕阳光
一缕喷薄而出的阳光
在一高的每一栋楼前
在一高的每一扇窗前
在一高的莘莘学子面前
在一高的每一个角落
都深情向往
激情地燃烧！

在一高，我真想掬一捧阳光
掬一捧春风
慢慢地品味
那久别了的时光！
想想儿时那枚煤油小灯
想想小手里那枚磨秃的铅笔
心中总涌动一股激情
如那沸腾了的海洋

向岸边涌动

你来了，一高的
春天来了
一只只纸鸢在春光里飞翔
一阵阵清新的气流在缓缓地流淌
一个个学生，像微风中奔跑小羊
打开了远方的诗行
让我们慢慢地、静静地欣赏
欣赏爬上树梢的一缕缕暖阳
欣赏一树树奔泻的芬芳
欣赏课堂里那百鸟朝凤的诵朗
和大地河流群山中的奔放

你来了，我来了，我们都来了
行走在一高的春天里
我们就融入了这暖意融融的春光
在一高，就让我们再朝气蓬勃一回
摘下一缕春光
热切地亲吻在大地上
那湿润的眼眶！

放飞春天

这个二月
春风习习的二月
风起时,风筝在我心底放飞
很拥挤很拥挤的二月
风筝也拥挤在天空里
那个梦中小小的心愿
像一条鱼,在干净的天空里
游来游去
像一只雏燕,在白白的云里
飞来飞去

我打开内心里的翅膀
把辽阔的平原,吹成了浓浓的绿
就现在,在这个时节
这个萌动的时节
哪怕我是一只破旧的风筝
在这嫩芽初上的时节
怀揣一小点儿一小点儿的心事
紧跟着二月的脚步
紧跟着春天的脚步
把蕴藏了一冬的梦想
在春天里放飞

信 仰

本不想说出，那个秘密
虽然我已经醒来
梦已在春天里开花
开在嫩绿的枝头上
开在碧绿的田野里
开在高高的山崖上
开在奔腾的江河里
开在草原里、开在平原里
开在人民的心怀里

在这暖暖的春光里
我再次把镰刀斧头擦亮
甩开臂膀，在春天
在赶考的路上
心平气和地与土地交谈
初心不改
掬一捧春日暖阳
带着镰刀斧头
割掉散淡砍掉贫困
趁着这暖阳
趁着这春光
带着初心不改的信仰

要播下种子、播下希望
播下幸福的明天
播下腾飞和辉煌

三月，你好

是日，在太昊陵广场散步
目睹着南来北往的熙熙攘攘
倾听着担经挑的咚咚锵锵
看着那春芽破土般的青春
欣赏着三月温暖的模样

轻轻的微风掠过湖面
飘来一阵阵可人的清香
这该是三月的骄傲
一树树泛绿的枝丫
与微风一起摩拳擦掌
一池池泛绿的春水
与银色的月光相融
一簇簇五颜六色的花红
在春晓夜雨里娇羞欲放
畅游在三月的春海里
咀嚼着三月的味道
像刚刚经历一场热恋
你好，三月
三月，你好

写一首轻松的小诗,在羲城

那天
我意气风发地走入,淮阳
羲城中学
惊奇地发现
这里芳草鲜花
这里盎然春意
怀疑,我是不是接近了美
接近了芳芬
就如那风景
不留意间写着一场
蓬勃的葳蕤
扑面而来
圆满而丰盈
就如那湖,静静的水
一滴一滴地汇集
一滴一滴地融入
自觉又不自觉地
升腾到天空,云层
幻化,是一次过程
从蛹到蝶
道远而任重

让我们走进吧，羲城
在汉字广场里
再现春秋之梦
在整齐划一的教室旁
伏羲圣德融入琅琅书声
在郁郁葱葱的后花园
羲皇文化扑面新风
在一池春水的养心湖
在碧绿青翠的操场上
青春的气息里燃烧着
颗颗火红
来吧，在羲城
我们寻觅
伏身倾听

在羲城
写一首轻松的小诗吧
羲城的羲，名不虚传
站在历史的起点上
那羲的含义，多深多重
传承着古老的文明之火
延续着历史的神奇之灯
哦
真想穿越一次哦
让青春、让激情
在《诗经》里燃烧
在《道德经》里粉碎

我们依然翩翩少年
一双丰润饱满的羽翼
定会在，羲城
展翅翱翔
穿越宙宇星空

在这个春天

在人来人往的世界里行走
我突然看到
那一只小鸟
站在青青柳枝上
与春风私语
一个漂亮的女孩
静静地站在柳树下
随风飘荡的秀发
传递着春的信息

在这个春天
会有多少
让人回忆的
美好瞬间
比如，在桃林里看初绽的芬芳
比如，荡一只小船
和你一起游荡在荷花
湖里
比如，你牵着纸鸢
在旷野里轻飞
这许许多多的比如
都比不得你

粉面的桃花
和灿烂的笑靥

在这个春天里
能与你不期而遇
我是多么地幸运

春雨之夜

在春天的夜里
春雨淅淅沥沥地飞落
草木欣喜异常
不怕感冒
发烧似的
手舞足蹈

苏醒了的生灵
寻找往日的蓬勃
我小心翼翼地
保持沉默
与阳台上的一枝花蕾
幻想着明天生动的
时刻

问荷（组诗）

东湖荷

风来过，与你耳语
雨来过，洗你尘埃
云来过，看你花开
蜻蜓来过，摇你裙摆
青蛙来过，为你而歌
我也来过，看你心底
最美的山河

夏日荷

夏风吹来时，那只小船
已解开了
缆绳
醒来的湖水荡漾着
圈圈涟漪
站在船头瞭望
不远处，野鸭群群
来来回回
来来回回
抖落一身珠玉

没有喧哗
没有嬉戏
夏日的小荷
沉醉在空旷的
天空里飞翔

隐秘的荷

游荡在湖心里
被芦苇包围
头上是云朵
脚下是云朵
心里还是云朵
真是湖阔天空
谁写的
小荷才露尖尖角
拨开丛丛芦苇
我怕拍照
怕那瞬间的闪光
惊动了那只
做梦的蜻蜓
还有那只做梦的
蝴蝶

最美的伊人

租一只小船，游荡在湖心里

掐一朵浪花，在湖水里
摘一朵白云，在湖水里
掬一捧碧玉，在湖水里
用晶莹晶莹的湖水
擦拭内心里堆积的尘埃
心疼之后
问那欢腾的小荷
涟漪纷纷
问那绽放的一朵朵小荷
阳光明媚
这个时日
微风不燥
山河静好
小荷小荷
在这碧绿碧绿的湖里
我可遇到
这世间最美的
伊人

醉游龙湖

本是宛丘人
怎做陈州客
醉游龙湖看绿荷
璀璨满星河
欲游山河十万里
奈何龙湖阔
湖水清清碧如昨
蜻蜓点青波
剪枝青荷陪君游
举杯独高歌
一杯一杯复一杯
杯杯皆喜乐
乾坤深处问山河
知音有几个

夏夜思

海阔云深夜正凉,
静思樱花三月长。
篱多竹树饶清荫,
吾自折柳湖岸傍。
多愁善感忆往昔,
远望芙蕖有暗香。
旧城故人留念处,
愿与执手度残阳。

中秋,在淮阳一高

这个时日
风渐凉,菊花正香
淮阳几许文人,在一高
掬一捧风流,论诗词短长

中秋,诗词基地落户一高
淮阳
是想在一高结一个网吗?
结一个充满阳光的网
结一个充满爱心的网
结一个充满希望的网
是想让心跳在这里加速
是想让梦想在这里铿锵
是想让激情在这里点燃
是想让青春在这里飞翔

在这里,在一高淮阳
请你把心底诚实地敞开
请你把眼睛真正地擦亮
去校园林荫道漫步
请小心翼翼,不要高高在上
去体育场与小青年互动

请不要拷问他们的高度与理想
去图书馆看琳琅满目抑或满目琳琅
请以远方的名义写下太阳和月亮
在教室实验室指点江山，文字激扬
让他们羽毛丰满，抖落高山上的夕阳
让他们血管偾张，青春疯狂
让思考者去思考，在宇宙里翱翔
让探索者去探索，在大漠里寻觅梦想
让思考者澄澈理性
让探索者高峰纵放
让他们联姻，让他们碰撞
在诗词基地联一个明媚天空
撞一个花开淮阳

中秋，在淮阳莲舍

中秋，几个文人
在淮阳莲舍问道
我突然看见
那金色的风儿
掠过湖面
拂过秋荷
煽动尖尖的小翅
承载着生命的吟唱
在莲舍里流连忘返
朗诵华章

在莲舍，淮阳的莲舍
我还听到了那
剪不断的秋雨
亲切地，又温暖地
在莲叶间窃窃私语
像在议论如何
弹奏那首
莲的心事

在莲舍，东湖的莲舍
我还看到了一位

楚楚动人的女子
恰似一朵摇曳的莲花
流动在水里
一簇簇的诗情画意
从她的笔尖
从她的唇齿间
喷薄而出
让莲舍耀动着，闪烁着
折射出淮阳的博大深邃
和最美写意

在陈州高中读秋

这个季节,是收获的日子
也可开启我们心中最美的梦想

此刻,在陈州高中
一面面鲜红的旗帜冉冉升起
一排排青春的面容蠢蠢欲动
此刻,在陈州高中
我看到了那冉冉升起的希望
我读到了那金黄深处的静谧
记住了人世间最向往的幸福

此刻,在陈州高中
想起了校园内那熟悉的声音
脚步,背影,还有饱含深情的眼神
此刻,在蠢蠢欲动的梦想里
我听到了最生动的琅琅之声
天籁一般,明亮又干净
此刻,漫步在葳蕤蓬勃的校园里
我看到了最美最美的风景
如诗如画如梦
那一双双如饥似渴
全神贯注的眼睛

恰似那冰山之上的朵朵雪莲
清澈透明

此刻，在陈州高中
我多想留住
这个丰硕的秋日
和描绘中国梦的同学少年
一起在校园里品读
那一捧又一捧浓浓的桂香
在校园里数看
那飞起又落下的枚枚金黄
在校园里，在静静的课堂里
抒写心中春华秋实的祖国
歌唱五谷丰登的家乡
还有百年腾飞的中国梦想

秋雨的对与错

这场雨
真好,下得真好
如果,我能在雨中路过
那该是幸福的一个

我的邻居
该叫一声大哥
他刚刚把小麦耩过
欣喜的小麦真的欣喜
谁能赶上这幸福的生活
春风得意
发芽吐绿与太阳握手同贺
有初一就有十五
人生就这样一秒一秒地度过
谁是谁非
该由历史评说

阳光里的影子
不评论是非
走吧,你前我后
喝酒唱歌
同路前行

不讲草原山河
一同踏破
为黎明的曙光
一起高歌

冬日,又在莲舍

冬日,又在莲舍
一群激昂的、奋力的、向上的人
再次,让我想起了
熟悉的声音、脚步、背影
和点点碎梦

此刻,那唐诗宋词
自觉不自觉地,一首首
在莲舍的青砖碧瓦间荡漾
此刻,在莲舍,淮阳莲舍
有湖为邻,有蒲与荷
有野鸟野鸭,有阳光照我
煮酒论英雄
南腔北调,看谁赛过诗仙
李白打马飞过

此刻,在莲舍
在《诗经》里觅《陈风》
在《春秋》里读陈国
多么地惬意
莲舍是你我的小菜园
种下一叶青绿

收获满园春色
种下小麦、玉米、高粱、大豆……
种下青菜、小草、兰花、玫瑰……
这群酸溜溜文人骚客
下笔那么地神
溢光流彩,忘记了收获

此刻,在莲舍
阳光照我,还有那断蒲残荷
断章,在浓淡相宜中流彩
绝句,在红墙黛瓦里生辉
仄仄平平,在高高低低的音符里飞扬
那一湖的青色
在错落有致的梦里
茁壮拔节

在落雪的冬日里
我在想,如果陈州没有莲舍
我的这些隔行的文字
将在哪个字里行间
凑个热闹?

十一月,在淮阳莲舍

十一月,在淮阳莲舍
诗人的梦
如明媚的阳光
怦然心动

从东湖吹来一阵风
在莲舍的池间
涟漪一片
闻风而动
一朵小小的、稚嫩的、平凡的
野莲花
悄然定格在
诗人的笔下
在诗会里传递激情

一年一度,又一秋
那么多诗人相聚,在莲舍
谈笑风生
碧绿,流水,蝴蝶,还有那份
宁静,秋的气息
打开门,是谁放飞的
那只风筝

走吧，一点点向前
走进，什么风景也不会
无动于衷
美好并不遥远
百年后，你悄然转身
莲舍里，还依然挂着
那缕清风

十一月，在淮阳东湖

十一月，在淮阳东湖
荷已经谢了，一枚叶子在
辽阔的湖面上，沿
一条荷路，飘向远方

几条斑驳的阳光在
秋荷的倒影里，流淌
我寻找着春日的味蕾，和夏日的清凉
深浅不一的荷，却
左右躲藏
我探寻的目光
那一丛丛的葳蕤呢
那一簇簇的蓬勃呢
那一声声的蛙鸣呢
还有，那么多南来北往
那么多北调南腔
那么多浅吟低唱
都是被谁，流放

在这立冬的时日
所有的热闹，都
谢幕了

听不见掌声，连个
谢字也没有
只留下一湖的阳光，和虽败犹荣的
金黄

冬　荷

冬至的时日
我站在万亩的龙湖岸边
看到满满的一湖冬荷
它静静地站立于湖中
不急也不躁，毫无声息
并非刻意向下颔首
纵使风吹雨打、阳光普照
在每个角落都岿然不动
仿佛这样会获得
更长久的温暖，默默等待
那解冻的时刻

面对深远的天空，落日和星光
总有一些恰到好处的呈现
在某些画面或镜头里恣意地展现
一些美的定义和光影或距离有关
把杂草或荆棘剔除，剥离再删减
都毫不逊色春之蓬勃、夏之葳蕤
若果再聚焦一点
影影绰绰，或近或远
扑鼻的香气会暗暗袭来
洒满这烟火人间

蒲苇花

在冬日的龙湖里
我看见了冰雪一样的蒲苇花
白亮亮的,如碎了的月光
置身其中,伸手摘下一朵
又摘下一朵
一朵比一朵的白
小小的白花在宁静的凛冽中
悄然地飞舞
不知道我是不是它温暖的港湾
打开怀抱
在这冰天雪地中
把梦贴近黎明

冬日的龙湖

在太昊陵渡口
我目睹的不是你的辽阔
而是你静如止水的心态
有时,你也随风而起
亦如舞女飘飞的裙摆
围绕一个点,潇潇洒洒
不离亦不弃

我收回远方的目光
将阅读你的心思
放置在一只五彩斑斓的船上
亲近于你,寻觅抵达你内心的
柔润

冬日的龙湖
寂静空旷
不见了昔日的蓬勃与
葳蕤
一阵轻风拂面而来
你涟漪的笑靥
与船桨同时抵达
我祈祷与你融为一体

用你的清纯来淘洗
我思想深处的灰尘

都会知道
你不兴波澜时
谁会在意你的力量
就如那一粒沙
放进眼里与放进沙漠
迥然各异
但，我只在乎你的柔情与温润

小船轻轻地在你怀中摇曳
船尾有序地开启朵朵小花
瞬间而短暂如夜空的流星
在绽放自己内心的美丽
怀揣对你的感激
我乘机从船尾掬了一捧
此刻，一定有人帮我数着
数着数着
花朵就多了
瞬间开满了整个湖面
一望无际

在龙湖岸边读你

清晨,在龙湖岸边徜徉
看到了静静的湖内
一枝枝青荷渐渐丰盈而饱满
阳光照我,张开幸福的双臂
满湖醇香,入心入味

一只小船在龙湖里荡漾
泛起的浪花酝酿着成熟的嬉戏
幸福无比
闲庭信步的我
在留白的风景中添了一笔
那缓缓舒展的荷花
多像那清晨的
一抹阳光
让我忍耐不住
轻轻地、暖暖地
读你
真美,美得让人心醉

这个时节
你来与不来
我都真诚地邀你

没有半点儿私心
想着那一片一片的碧绿
由近及远或由远及近
自然而然
想不开都不行
一簇又一簇的
亮丽又貌美的葳蕤
来吧
在这烟波浩渺的龙湖里
在留白处
亦划一叶小舟
酌一杯老酒
不醉不归

夜游龙湖

秋夜携友乘船游,
抛却人间烦与愁。
欢歌笑语鱼跃舟,
唯有平和享繁荣。

看左右,湖水流,
两岸彩灯奋争秀。
民间鼓乐皆沸腾,
人间佳景只等秋。

夜游龙湖四章

一

秋夜，有些冷暗的优伤
选择这个时空呼朋唤友
内心瞬间兴奋异常
如那左岸右岸闪烁的霓虹

二

踏着阵阵的鼓点登船
欣欣然，与满湖的
斑斓两相凝望
心贴着夜色滑行

三

微风吹皱了湖面
前方暮水沉沉
船后浪花翻滚
舱内花枝招展的言语
赞叹着
清凉秋夜里的

卧波长虹

四

想想那满湖的璀璨
亲爱的,给你摘一把星星吧
想想那欢快飞跃的鱼儿
亲爱的,给你画一幅龙门吧
想想那满湖的荷香
亲爱的,给你煮一壶老酒吧
在这寂静的秋夜里
在这满湖的葳蕤里
举起杯中江山
不醉不归

在淮阳等你（组诗）

在淮阳等你

淮阳，古称宛丘，陈，陈州
这是一个有故事的古城
这个有故事的古城，昨夜来了一场春风
悄悄地路过太昊陵
画卦台，平粮台，弦歌台
就如同那花开
从一个枝头到另一个枝头
掠过十里荷花和万亩龙湖
在苏亭莲舫互相示意
在九曲桥旁互相问候
这个时候
心中想着，做一个蕾？还是含一个苞？
就这样走着想着
该开时就开了，真的
一生就这么大方一次，就可了劲呗！

面对这么热情的奔放和奔放的热情
谁会无动于衷
如果你是那只小鸟
会不会在春风的枝头，鸣叫

这枚泛着淡绿色的青枝,还有
那半推半让的花蕾
是我午夜里一杯浓茶吗?
在这习习的春风里
我的声音亦从一个枝头,赶往
另一个枝头
还有那棵醒来的小草,站在龙湖的岸边
映我倩影,也许是路过的风景
唯如此,让这嘶哑的声音
在《诗经》里穿梭
彼泽之陂,有蒲与荷
有美一人,伤如之何?

东湖有蒲有荷
蜻在荷间飞,蛙在蒲间和
站在宛丘之上
隔着一朵荷花的距离
那嘶哑的歌喉,藏在琴弦里
偷偷地,剪一叶风景
给你
投我以木桃,报之以琼瑶
真的,你虽然还在远方的远方
可我愿用真心
在淮阳等你,等你

陈州湖

你说
让我等你十年
十年时间
我先在陈州湖上安家
搭建个茅草屋
有砖无瓦
一个小巧精致的家

春天
我赶着一群鸭
是自己养的
春江水暖
岸上的草儿发芽
鸭儿嘎嘎

夏日
湖中天
晴空万里
湖中的荷叶
青青
湖中的芦苇
青青
我静坐在湖中
等你

一只蝶
自由地在荷叶上
休息
另一只蝶
躺在荷花上
是否在孕育
新的生命

蒲苇婆娑
荷花飘香
我听鸟鸣,观鱼跃
看着我们的茅草屋
想念苏轼、苏辙、苏小妹
还有曹植、李白、白居易
这样想着
友情、亲情,还有爱情
溢满了
陈州湖中

渔　村

在我们小巧精致的
家的
附近
有一个渔村
湖里的鸭蛋
凉拌的蒲根

还有我们家
屋后
自产的马齿苋
清拌的黄花菜
这一张张菜单
如陈州的爱情
单纯古老
香甜可口

大红灯笼
悬挂在小屋的门前
你淡淡的睡衣
映着灯笼
映着月亮
让喝啤酒的男孩
醉倒在渔村的
窗前

爱
没有说出来
月亮拍着男孩的脸
如你娇小的手
温暖

菜　地

在小巧精致的

家门前
我们画了一个圆
园中青青
是我们的菜地

月光下
我和你走进菜地
那根黄瓜,很嫩
那枚番茄,很红
那串串的辣椒
张灯结彩

我们在菜地里成亲吧
你给我生儿育女
在茅屋里
把儿女养大

晶莹的泪花
顺着黄瓜的芒刺
顺着番茄的肚脐
顺着红红的辣椒
慢慢地流下

你我走进菜地
一朵云
遮住了月亮
看不到双双倩影

让月中嫦娥
潸然泪下

时　光

时光如梭
时光如细沙
催人的钟声响起
穿过晨光
直至映红的晚霞
又轮回到夜的梦乡

月光皎洁明亮
照着那倩影
如奔月的嫦娥
为那吴刚
难道你会忘怀
月光下如胶似漆的相约
回到那甜甜的梦乡
回到那六月夏日
黄河之旅的游放

这梦乡
人们栖息的地方
这梦乡
藏着欢歌笑语的地方

哦
时光如逝
在桂花树下
我们相拥到天亮

十 年

是的
十年
计划中的十年
不长也不短
我可以走遍中国
不要说陈州
我可以赏完每种荷花
可以穿越整个芦苇荡
可以熟悉
你的每一个朋友
让我比渔夫还普通

十年
湖中的荷花开了几次
湖中的河鸭老了几只
湖中的蝴蝶飞了多少航程
连湖岸边的蚂蚁
也走出了陈州

十年

不短也不长的十年
体内的器官是否老了
生命是否进入了秋天
虽如此
爱你
不要你怀疑
十年
我等你

隔着中国最长的江
隔着中国最长的河
隔着中国最高的山
在陈州湖的茅草屋里
等你

写给淮阳

不知道,是不是来得太晚
在淮阳湿地公园
你们正赶着拍一张合影
不经意,迎风摇动的
蒲苇和几只飞鸟
一起挤进了镜头
站在面前的还有那
碧波荡漾的湖水
翠绿挺拔的小荷
和神龙桥下
霓虹闪烁的倒影

这个时候,幽幽的一种声音
越过了千年的隧道
古典的一种美
悠然又悠长的感觉
可我们依然,站在春日的阳光下
听喀喳喀喳的声音
看美轮美奂的闪光

天空白云飘飘
倒影在湖中

桥面上看灯的,听曲的
来来往往
闲庭信步
突然让诗人心生萌动
写一首干净的诗
送给这无比葳蕤
无比葱茏的
淮阳

在荷花苑,看到了涌动的金黄

七月,到淮阳荷花苑
看荷花,有了神的旨意
阵阵微雨飘落
雨中的荷,更神秘

闲庭信步,远望点点绿荷
在微雨里翩翩起舞
近视荷花点点,娇柔含羞
南来的,北往的
男的女的,老的小的
不问贫穷和富有
眼底尽收碧绿与苍翠
荷香在心底无限地漫延
总感觉脚下的路是那么地
瘦小与无奈
头顶的天空还是那么地辽阔
荷叶上晶莹的碎雨闪闪亮亮
不经意间,几只蜻蜓飞过
用心丈量着微波荡漾的龙湖

微雨还在小心地四处奔跑
唯恐敲碎看荷人的盎然兴趣

湖面上,时而鸟鸣
时而风声阵阵
点点絮语从耳边掠过
一切皆沐浴在荷香里
此时,我忽然看见
绚丽的荷花苑里
涌动着浪漫的金黄

带你去个地方

在盈盈秋水间
真的，我想带你去个地方

不去看山，不去看水
不去长江，不去黄河
不去四川巴中
亦不去辽宁本溪
不去南京栖霞山
亦不去北京香山
去就去梦里的桃花源

在淮阳伏羲文化公园
这里秋风正紧
二十七处园中园秋光正美
立体宛丘乐园里青春葳蕤而灿烂
民族共同体园内处处民风扑面
一座座书屋驿站坐落在
璀璨的枝叶间，五彩斑斓
在纵横交织的林间小道里行走
一树树的火红把你激情点燃
把酒临风兮
忘却尘世纷扰与繁忙

慢慢地、静静地、安然地行走
贴近这片温暖的大地
平和而宁静
自得而悠然

走过小溪边
看一群孩子与鱼儿嬉戏
未眠的童心唤醒你多少
快乐和欢心
坐在树荫下
听老人们讲伏羲爷的故事
沉淀的历史会激起你多少
梦想和希望

向前，向前，再向前
漫步，闲聊，陶醉
把阵阵的秋风轻轻揽入怀里
把刷刷的叶声偷偷藏进耳里
昂扬奋发一次
浮想联翩一次
来吧，来吧
在盈盈秋水间
来周口淮阳
来伏羲文化公园
给心灵找一处栖息的港湾

第三辑
温暖的乡村

春　色

三月了，新春的脚步刚迈过门槛
一朵雪花牵着一缕阳光
在阡陌的小路上彳亍
远方隐隐的爆竹声里荡漾着
年的味道

这个时日，阳光照我
亦照着村头的那一池春水
田野里麦苗青青
于无声的微风里
摇曳
路边杂乱无章的荒芜
羞羞地从我眼底溜走
此刻，我蒙蒙眬眬地看到
那翌日的青草
还原给了我
一望无际的春色

春天来了

多么地安静,雪花悄悄地
落在春天的枝头
苍老的父亲打开大门
伸出他满是老茧的双手
接纳来自天际的幸福

天晴了,一束又一束的阳光
普照大地
那么多的温暖拥抱着
漂亮的雪花
春天肆意地释放着它的属性
人们在天地间幸福地奔跑
鸟儿唱着幸福的歌谣
让大地沸腾

父亲坐在苍老的大门口
和雪一起晒太阳
再过些时日
燕子就回来了

温暖的乡村（组诗）

父亲的春天

我不敢随意地谈论春天
我知道，春天有轻柔的风
春天有微微的雨
春天有青青的柳
春天有淡淡的香
春天有萌动的生命
春天有昂扬的灵魂
可父亲的春天只有
冷、雪、炒面
有闪亮的刺刀
有震耳的愤怒
那是1951年的春天
父亲在朝鲜参战

住在乡村的父母

在乡村，父母有三间
坐北朝南的砖瓦房
2022年，父亲九十二岁
母亲八十三岁

一生养育五子一女
却不愿住进城里

立春的中午,打电话
父亲在小院的躺椅上看春天
母亲在青青的小菜园里忙春天
一切温暖、安详、宁静
在城里找不到这祥和的惬意
想象着那一幅美好的场面
我携妻带子
赶往距县城二十五公里的
令人魂牵梦绕的村庄

乡 音

在村里,我遇见每个人
都是那么地亲近
那些熟悉又陌生的
我叫不出他们的名字
如果开口
他们会喊我三弟、三哥
三叔、三爷、三太爷

我常常递上烟去
一根接一根
直到走到我家老屋门前
听到一声:三儿回来了

熟悉而温暖的叫声
让人流泪

温暖的乡村

从内心深处
我越来越怀恋
春天般温暖的乡村

村口的那棵老榆树
总让我忆起儿时的饥荒
那与风起舞的树梢
是否记得那摇摆的鸟窝
天空中游动的白云
可记得那花开的梧桐
那优哉游哉的几只羊羔
可记得我额头的伤疤
麦尖上的那一丝骄阳
请与我一起回想
打麦场上那阵阵麦香
玉米地里蛐蛐清脆的鸣叫
可否再听一次我与你的
对唱
还有那在北风呼啸中
皑皑白雪中的雪仗

这个小小的乡村呦

孕育了我多彩斑斓的梦想
这片土地哟
让一个小小的我
像村头那棵百年的梧桐
碧绿苍翠

故乡很好

看看周围，都是高高的楼群
灰色的，一种元素
你惊诧，在回忆里搜寻
找不到儿时
入村的路口
看看周围，都是葳蕤葱茏
绿色的，一种元素
你惊诧，整齐划一干干净净的
胡同
在回忆里搜寻
找不到儿时的家门

看看周围，天空依然高耸
温暖的，一种元素
忽然从心底滑过
那袅袅炊烟
在诉说熟悉的事情

在小村，写一首中国新诗

十月里一个夜晚
一个热闹而又沸腾的夜晚
月亮慢慢地升起
星光闪烁不已
豫东的一个小村，一个不足千人的小村
不用星星照亮
月亮的光辉带着一种无限的慈祥
为忙碌了一天的，男男女女
洗去尘埃和劳累，多么地自由
多么地欢快啊！
咚咚咚，锣鼓响起
婀娜的腰肢
飘逸的臀在空中流动
谁笑谁呀！吼上一声
黄河大合唱，北调南腔
激情燃烧，热血奔放
汹涌的长江，咆哮的黄河
祖国您好，母亲您好！
生活在这个时代，该是多么地幸福啊！
春雨悄悄地滋润着大地
在春风里行走，舒心
遥望夏花灿烂，惬意

秋阳里硕果累累,欢愉
在飘雪的冬夜,捧一杯奶茶
躺在唐诗宋词里
默念一首中国好诗
寻求梦寐以求的最美诗句
就如你驻足这十月里
融入咚咚咚响的,热热闹闹的小村里
欢快,任性,惬意无比
如果不介意地说,她们是自由之神
在中国,在中国大地,在这个小村
把贫困、疾苦、愚昧等等酸涩的词语封闭
思念的河流在分秒之间,就会消失殆尽

十月,金色的十月
十月,收获的十月
十月,值得回忆的十月
我可敬可爱的祖国啊!
吉祥如意
宁静和谐的祖国啊!
我,一介草民,在这安然的小村里
醒着和睡着都心静如水
白天和黑夜都安静祥和,欢天喜地
在这如此沸腾的世界里
在这甜美的小村里
我无比动情地写上一首
中国新诗
给您!

冬日风景

在冬日暖阳里,一位老人
在一座新房前,一把竹椅,新的
躺在上面,听萧萧竹声,和着暖阳
眯着眼,阳光硕大,心游走在似醉非醉间
在天际的河流里,拎一串又一串的幸福
和一袋又一袋的米面
驻足在温暖的叮咛里,一个七旬老人
在竹椅里与阳光对话
风儿从他脸庞经过,相互挥了挥手
热泪从小溪里流出,穿过老人的新衣
一丝暖阳想挡着它的去路,怕幸福拐弯
老人挪了挪身子
冬日的河流里折射出了老人幸福而又
快乐的七彩之梦

小村的月光

小村的月光,沿着
细微的尘埃,倾泻在
小村的文化广场,倾泻在
那些忘情的发丝里,指缝间
和脚跟上,倾泻在那咚咚
咚咚响的鼓点间,还有那恣意的笑声中

月光,是小村的月光
自由自在,无拘无束
有时拉过一片云,害羞的样子
有时跳到树梢上,光彩照人
像是助威呐喊
又像是与鼓点争雄

这是一场比赛,或是一场恋爱
是一见如故,或是一见钟情
就那么一瞬,那么一秒一丁点儿的相视
这个小村的夜晚
就沸腾了起来

我,就住在小村里
和这小村的月光

一起生活
在张家长李家短的生活里
在扶贫济困的日子里
终于找到了所在
就如那泻下来的月光
找到了幸福的模样

小村的文化广场
夜，静谧的夜空里
突然涌动着一股热闹的，气味
我夹杂在这热闹的氛围里，手握一枝浪漫的蜡梅
扑鼻的芳香，与热闹的气味混杂
多么地惬意
右右摇晃的乐曲
如闪烁的星
满满地挤着，闹着
像那枝头争先恐后的梅朵
想要把这小村撑破
说着，笑着，唱着，跳着
多么地幸福，多么地自由
多么地奔放，多么地娇美
像一首轻柔抒情的小诗
在小村的河流里缓缓地
缓缓地流淌

小村的阳光

一缕阳光
一缕喷薄而出的阳光
正奔跑着赶往小村的方向
我亦急急忙忙打开小村的
每一扇窗
让小村每一个角落
都深情地向往！

在小村的阳光下掬一捧春风
慢慢地品味
那久别了的时光！
想想小村里的李家短张家长
想想那飞雪中的走街串巷
心中总涌动一股激情
如那沸腾了的海洋

你来了，小村的
春天来了
虽只有纸鸢在春光里飞翔
虽只有清新的空气在缓缓地流淌
虽只有在微风中奔跑群羊
你就静静地等待吧

等待那一缕暖阳爬上树梢
等待那一树树奔泻的芬芳
等待那百鸟朝凤的鸣叫
和大地河流群山的奔放

在春天的路上
这一缕阳光,一缕喷薄而出的阳光
是温馨的阳光,是幸福的柔润的阳光
是朝气蓬勃的阳光
是在小康路上温暖着
我们前行的阳光
走在小村的路上
真想摘下一缕
送给我的亲人和我的乡党!

故乡的秋天

推开故乡的门
我看见了秋天

在乡间小道
我看见了,晨露闪烁在草尖
在秋阳高照的午后
我看到了,枝丫间高歌的秋蝉
在虫声唧唧的夜晚
我看到了,故乡片片金黄的秋天

故乡的秋天
干净,朴素,香甜
玉米、高粱、大豆都金灿灿地笑
红薯、花生都撑破了地皮
棉花、芝麻都咧开了小嘴
一切的一切皆等待分娩
我的父母,我的乡亲
开心地笑,憨憨地笑
笑得如灶膛里的火
幸福而安然,热烈而奔放

知 秋

在故乡的门口
我捡起一片金黄
想寂寞的云彩
和辽阔的天空

叶落在了宽阔的马路上
被早行的环卫人
轻轻拢起
不知去了何方

叶落在了十字路口
随汽车的尾气一起
悬在了半空里
似雾又似风

叶落在了小河岸边
悄然地
听淙淙而流的溪水
这世界，多么地安静

叶落在了校园里
被调皮的青春

轻轻地
夹在了一行诗中

叶落在了一只鸟的肩上
鸟儿欣喜又若狂
幸福地
把它搭在巢穴上

叶落在了树根的周围
她亲切地
拥抱着亲爱的母亲
无限地打开自己

多么辽阔的大地啊!
风儿一阵又一阵
与舞蹈的叶儿一起
追赶着阳光
和世界上所有的幸福

秋日回乡

东湖岸边秋水凉,
吾携妻儿回故乡。
故土一枝菊花浓,
村东村西五谷香。
欲携秋风探秋韵,
妻陪娘亲试红妆。
秋日渐丰双亲瘦,
无憾无悔报瑞祥。

祝福母亲

你总这样
一年一次,用深情温暖我
一年一次,用蓬勃激励我
一年一次,用桃花梨花油菜花芳香我

一年一次,潺潺溪水淙淙
我想用那清澈的水
洗出个明媚的天空
我想用那飘洒的微雨
在阡陌的田埂上
写下微香微香的诗句
我想用那柔柔的微风
轻轻唤醒沉睡的大地
写下一行又一行
鲜活生动的赞美
我想借你一束春光
照耀我年近七旬的母亲
赶走她一冬反复不停的咳嗽
让她在碧绿碧绿的世界里
大口大口地呼吸
在流动的春色里奔跑沐浴

等　待

不知道，你什么时候
从哪个方向
过往，心知道
春天在不远处
等着，未来的风雨
记不得艰难困苦
的日子，迈一步向前
让千帆飘逸
让希冀花开
在春天
一壶酒，一溪云，一次回眸
一盏火红的灯笼，映着风雨
在灿烂的花海里
等你

槐　花

看到这个名字
就嗅到了，沁人心脾的
味道
就想到了，儿时的那个
年代

那年，您在村口
等待，一个微风的春天
亲爱的母亲站在
花开的树下
用心捋下那朵朵
思念
把一生的慈爱
蕴藏在春天的菜肴里

写一首诗给您

今天,是您的节日
这个时日,是初夏最美的节季
回老家看您
是早已拟订的计划
谁曾想,被无情的疫情演绎成
一个梦幻般的传说
静态管理,多么新鲜的词儿
不用思考,这是您一生
从没听过的言语
暂停暂停,该慢的都要慢下来
这个节日的秒针分针时针
不会听从这个命令、这个指挥
我是您的儿子,更是一个战士
我要在应急的暂停中奔赴战场
您不要心急,我亲爱的母亲!
写一首诗给您吧!
让这光荣而骄傲的日子
在暂停中,自由向上,自我放飞

小院风光

谁家小院风光美,
绿蔓琼枝满葳蕤。
花开一枝又一枝,
葫芦娃娃显神威。

在故乡，想您

——纪念毛泽东同志诞辰 130 周年

隔着一千条河流，一万座山
今日，就让这幽灵般的渴望
插上翅膀，随风而去

在故乡，我面向东方
问苍茫大地
是您唤醒蛰龙飞起
是您写鏖战记长征
让冉冉升起的太阳
照亮中华大地

在故乡，我面向南方
在历史的天空里
听您唱神州风雨
听您唱自信人生二百年
会当水击三千里的
诗句

在故乡，我面向北方
面向天安门
侧耳倾听

人民万岁的历史强音
仍在耳边回荡
春满人间
人民颂扬您
您说人民万岁

在故乡，我面向西方
登高唱远
举熊熊燎原之火
挥长长出鞘利剑
让纸老虎衰败
让苍蝇碰壁
站起来的中国
在澎湃激昂的
滚滚浪潮中
永唱东方之歌

今夜有诗

你说,该写一首诗
是的,今夜真的有诗

2024年的,元宵之夜
浩瀚的天际里
一轮明亮的圆月挂在夜空
伴随着它的
有璀璨夺目的烟花
有一浪高过一浪的
震耳欲聋的爆竹声声
有大街小巷里群星闪烁的灯笼
有平平仄仄的,高低不一的欢笑声
还有这轻曼的抑或东倒西歪的舞步
在城市里,在乡村里
在大山里,在平原里
在长江里,在黄河里
在九百六十万平方千米的辽阔大地上
名词,动词,形容词
一切的一切都快乐无比

今夜,真的该写一首诗
就写正月里来是新春,十五的花灯闹乾坤

就写花灯璀璨夜如昼,美好的生活甜如蜜
就写五十六个民族齐欢庆,祖国锦绣山河美
就写五星红旗迎风飘扬,飞翔的神州我爱你

第四辑

零碎的言语

零碎的言语

这个春天,是一个什么样的春天
封闭在屋内,忘却了堂食的快意
在手机里寻找心仪的东西
四面八方,天南地北
总能看到忙碌的身躯
微信,电视,新闻
零零碎碎的言语
都在传递春天抗疫的信息
高风险,中风险,低风险
科学精准,多措并举,全力推进
在小区,在街道,在乡村
空旷,忐忑,焦虑
这些熟悉又陌生的言语
在眼前晃来晃去

这个春天,谁的春天?
空气里有些湿冷
仰望天空,轻薄的云层
渐行渐远
路边的杨柳青青
田野的麦苗青青
河边的春水青青

一寸一寸的泥土
一处一处的村庄
一片一片的树林
一畦一畦的油菜
茁壮烂漫，青春无比
该苏醒的都在苏醒
该盛开的都在盛开
该烂漫的都在烂漫
该飞扬的都在飞扬

此刻，就这样向上向上
无拘无束地松动放飞
这不是想不想的事情
该来的都在路上走着
渐行渐近

这个春天，要用温暖战胜自己
用口罩罩住口鼻的
一簇一簇的行人
消逝，重现，又消逝，又重现
来去匆匆
扫码，测温
看着这个春天
对着祥和而温暖的日子
大声地呐喊呐喊
终于，一阵阵轰鸣
一次次闪电

在百花盛开的黎明
来临
加速生长的遍地春风
让忐忑的春天
恢复了昔日的宁静
一切安然如初

最低的尘埃

风是谁吹来的
花是谁打开的
雪是谁撒下的
月是谁挂上的
神神秘秘
难得糊涂

就如那一汪水
是有速度的
不经意间
你会误入
风景深处

就如那一枚荷
是有故事的
不经意间
就会把你揽入
碧绿的怀中

就如那一只小船
是有彼岸的
不经意间

就会把你推入
拥挤的人流

在生命的蓬勃中
最低最低的尘埃
亦会随风而起
让悲壮与高歌同行

有风的夜晚

不知从哪里飞来
一阵又一阵的凉爽

这个夜晚
我用双手召唤着
那一团又一团的黑夜
从夜风吹来的源头
悄悄潜入这愉快又欢愉的夜里

那流畅又愉悦的清凉里
掺杂着一丝丝的清香
我静坐在
老杨记吉祥馄饨馆里
一丝不苟地品想着那醇厚的味道

这个有风的夜晚
一杯小酌久久不能释怀
静听莫名的沙沙声悄然入怀
抚摸着我馄饨一般的灵魂
大雨从天而降
淋湿了有风的夜晚
淋湿了我萌动的青春

我站在杨记馄饨馆里
想着那一碗清瘦的馄饨
用心倾听着夜阑的心跳
黑夜覆盖了我的心事

亲爱的,你可知道
这个有风的夜晚
我在杨记馄饨馆里
等你

盎然的心

的确,想法一致
不能说物以类聚
该是心有灵犀
只是,不愿透露或表白
不透风的墙
捂不住那怦然的心动

风,得意扬扬
把柳枝都说笑了
其实,这才是目的
谁不愿在这个季节
春意盎然呢

说者无心
听者有意
风,仍然是风
柳,依然是柳
春天,还是这个春天
都不曾迟到半步
可那份盎然的心愿呢
却渐行渐远了

铭　记

这个六月，静坐在这城市一隅的
红色小屋，突发奇想
想与穿白色盔甲的战士
保持一种默契
祈求有风又有雨
哪怕是一阵微风
哪怕是一阵微雨
最奢侈的祈求
是一场狂风大雨
哪怕倾泻如注
哪怕突如其来
哪怕蓄谋已久
纵使被刮得焦头烂额
纵使被淋得狼狈不堪
亦不愿让人们在一米线的队伍里
一米一米地暴晒

这个六月，那么多人滞留在阳光里
一米一米地移动着灼热的身体
那娴熟的棉签
一丝不苟地搅动着
滚滚红唇

那封闭的试管
小心翼翼地装着
丰盈的液体
那亮锃锃的防护服
情不自禁地怀揣着
不被干扰的心

一米线，可以用一秒
把它忘记
可阳光下，那亮锃锃的防护服
和坚如磐石的身躯
却让人终生
铭记

听《愿为你》感言

世事短如春梦，
宛若今初见。
无须计较旧事，
万事皆有缘。
难遇情中知己，
片时欢心安。
况逢一朵花新，
且不说恨晚。
虽因疫情阻隔，
千里共婵娟。
为汝写首新词，
只心中共勉。

多美的声音

在这个时,葳蕤的夏日已蓬勃多姿
行走暮色里
我听到了一声甜美的律动
是谁把那首小诗
轻轻默诵
平平仄仄的音符
小心翼翼地抚摸着我小小的心房
轻轻地、缓缓地
似山涧溪流
叮叮咚咚
若有钢琴伴奏
那就来一个小夜曲
让暮色里的生命
也为这弦外之音
感动

与友人话归乡

一

仰望星空意难闲,
世事无常心内叹。
暂困屋中少欢颜,
只待良信解忧患。
虽言饮食颇周全,
怎及外界身似鸢。
吾为家中梁栋汉,
归乡亟待事农田。

二

喜乐将至莫心焦,
转机将临破云霄。
且先报与家中安,
解困有望期不远。
安然返家展新篇,
贤妻助力事耘田。
美好生活长相伴,
康泰祥和岁月甜!

三

特殊时期管控俺,
时光已过七八天。
试问安排因何定?
处置结果啥时传。
大伙无非平头汉,
家中琐事待吾办。
盼望决策早到来,
快返家中种麦田。

四

南北城镇防患难,
心忧挂念未曾闲。
病魔无情人有义,
彼此隔离少串联。
居家亦是为邦献,
何苦闲逛惹祸缠。
但祈灾厄随风散,
岁月宁和再耘田。

五

晨兴乍起暖融融,
白衣卫士入户匆。
居家静守方四昼,

抗原筛查众齐从。
筛查阳性有一例，
左邻右舍皆挪空。
本当各负各自责，
此刻却由全民攻。
无事莫要胡乱走，
拐弯难遇旧时踪。
灾祸终会成过往，
静候佳音果满丰。

喜相逢

立冬至，繁华尽，日月深深露真情；芬芳来，闻世间，天地才刚露本性。走过秋，迎来冬，盈盈思念渐入梦；寒意浓，霜如风，一纸问候轻相送。东西里，南北中，十面埋伏福气动；逢立冬，情相拥，冷暖变换多保重。驱瘟神，战疫情，一壶浊酒喜相逢！

相遇二题

一

中午打开手机看,
喜相逢里真热闹。
之风相邀去小酌,
一弟周口满街跑。
无奈回家吃泡面,
幸福磊哥菜摆好。
俊杰拇指大点赞,
纵饮浊酒度良宵。

二

俊杰发来一玉照,
碧绿青翠多妖娆。
之风静思扶残垣,
一弟暗中独窃笑。
吾自写首打油诗,
喜相逢里凑热闹。
蔡北蔡南同企盼,
聚首之日逞英豪。

冬夜感怀

夜遇风雨天,
声轻惊吾眠。
披衣庭院里,
心觉微微寒。
抬头望夜空,
冷雨拂脸面。
已是冬月始,
再启冷开端。
华君晨早起,
微信写诗篇。
吾如不应对,
恐把华君寒。
寒霜降淮陈,
何止三十年?
白发音未改,
盼汝故土还。
同饮一湖水,
回忆美少年。

陈地怀友人九题

一

大孙小孙绕膝行，
天伦之乐多喜庆。
绿城咫尺天涯客，
陈州满湖皆是情。

二

岁月风尘烟火色，
夜籁星海化为萤。
轻飞陈城倾心地，
茶香深处觅君容。

三

情深雨蒙蒙，
孤独望夜空。
相隔两不聚，
诗化蝶传情。
红尘烟火色，
知己遇诗朋。

且行且珍惜，
花落叶正浓。

四

一寸相思千万里，
烟尘难觅知音人。
高山流水弹一曲，
流水复回谢海神。

五

执手相看两不厌，
共享苏词春色晚。
遥看天边夕阳色，
悠闲自在花烂漫。

六

日月星辰无限远，
人生有缘常想念。
日日问候如见面，
情深意长天涯短。
我的问候永远在，
宛若龙湖水万盏。
长河落日远行去，
相约梦里共枕眠。

七

抬头仰望明月光,
低头又闻桂花香。
期盼疫情早散去,
与君举杯诉衷肠。

八

校园封控好凄凉,
幸有园内桂花香。
忽传诗兄约酒信,
寂寞岁月喜欲狂。

九

蔡河北岸传酒令,
忙乘秋风送君情。
一杯一杯多豪迈,
不退疫情不收兵。

相　思

秋雨急疏晨赋诗，
吾心寄念夜无味。
淡淡秋风犹缥缈，
烟雨朦胧花溅泪。
三更一杯孤枕醉，
梦中相会真情美。
忽惊鹊影今又别，
天涯再见何时聚。

雨 思

这个黑夜
嘀嘀的声响
打乱了夜的宁静

独坐在窗前
听节奏匀称
一往深情的落雨
伸出手,拿出笔
蘸着雨水,写下一行
温暖的诗句
想你的模样
你真的美得醉人
那盛满笑意的酒窝
牵走了微雨中游荡的灵魂
我想站在你的面前
向你诉说这绵绵的相思
和天上寄来的
晶莹的雨滴
这可是你心底
暗藏的一种爱意

在这无星的暗夜里

我只觉得
雨滴太小
情长纸短
总也写不完对你的思念

听　春

木疏蕴冬寒，
天阔叶落尽。
夜听风吹雪，
梦中春渐近。

远　方

或许，你在的地方
是我今生，永远不能
驻足的，远方
如果，你听见枝头
一只小鸟，曾为你歌唱
如果，你看到夜空
一颗星星，曾对你凝望

那一定是清风悄悄
告诉它们，我的向往
那一定是明月悄悄
告诉了你，你一直驻留在我的梦乡

如果，那里藏着《诗经》和唐诗宋词汉文章
那你就在那里等我，我会毫不犹豫
奔向你的诗和远方

会走的湖

——读钱良营的小说《会走的湖》有感

春日的清晨,在龙湖岸边
读一篇小说《会走的湖》
突然觉得,有人擦肩而过
似曾相识,听见内心深处
有笃笃的敲门声
是期待已久的人吗?侧身
换个角度,阳光下的湖
水光潋滟,一只鸟儿飞过
带走了一片云彩

不曾想,是不是早有预谋
在湖岸边等待,鸟鸣声贴近水面
一闪而过,阳光倾泻下来
嫩芽初绽,十里春光
一簇簇的绿欣喜异常
满湖的葳蕤蓬勃向上
此刻,我看见了一个男孩
一个叫水生的男孩
很帅气亦很阳光
朦朦胧胧,似一团雾
在龙湖的上空来回地摇摆

湖水亦跟着来回走动
我挥挥手
轻轻地拨开一页湖水
与水生对话
犹豫似乎举棋不定
面对曲曲折折
起起伏伏的潋滟水光
不知该在哪个路口拐弯
重复的声音,从天而降
一次又一次
颠覆了所有的希望与温暖
在水生潜意识里
一切的一切
如湖面的风
偷偷地从指缝里滑落
沉甸甸的心躲藏在
一封信中
如湖底奔涌的暗流
在飘摇的风雨里
等待黎明

静下来,把手伸入湖里
翻了一页,又翻了一页
不知该怎样陈述与表达
如果希望只是希望
远方只是远方
又何必说出真相

把美好掺入阳光
会走的湖里蒲草青青,荷叶莲莲
就算春天来迟,依然鸟语花香
该做蕾做蕾吧
就如水生的母亲
把痛苦交给大地
把幸福交给阳光
让希望的希望回归
让远方的远方沸腾

盛开的期盼

在太昊陵岳飞庙中
川流不息的人群
滞留在一组跪像前
读着三十功名尘与土
八千里路云和月
思绪在历史的天空里游荡不安
风波亭里阴雾低沉暮色空寂
莫须有让英雄永无归路
忠孝之义让此岸失去彼岸

水流千年
祷告声声沸腾
群民擦掌摩拳
怒发冲冠
面对长跪不起的奸诈之人
让愤怒的拳头落下千遍万遍
收拾旧山河
让千年之跪遗臭万年

面对英雄
我也该记下这深情画意的璀璨
调动思绪里的所有

名词动词形容词
用铺天盖地的花语
用春天妩媚的笑脸
用河流,用大海
用森林,用群山
热切地呼唤正义盛开的
期盼

追 思

——为远去的崔庆余而作（组诗）

在河南淮阳，只要一提起鲁台镇卫生院院长崔庆余，没有不被他的事迹和精神深深感动的。"他是世上难得的一位好院长，是打着灯笼也难找的好人""他为群众做的好事，就是装几大车也装不完""他就像一根红烛，永不止息地燃烧着"……

——题记

这是一个什么样的人

2016年的8月21日
在中国的河南
在河南的淮阳
一个普普通通的老党员
一个平平凡凡的老干部
毫无眷恋地
安静祥和地
永别了淮阳的天空
永别了淮阳的大地
永别了淮阳的人民
和亲人

生我是娘，养我是党
是他毕生的坚信
坚决听从党召唤
出生入死不变心
是他发自肺腑的言语
一生 87 个春秋
为人民服务的 60 余载
都在践行一个不贰的忠贞
不管是硝烟弥漫的战场
还是艰难困苦的基层
或是在晚霞满天的日子里
他都是一往无前，满腔热忱

来，让我给你扎一针
多么亲切，又多么自信
一根银针连着百姓
连着人民
一根银针传递着温暖
传递着为人民服务的
精髓

我是共产党员
这个担子我来挑
不是豪言壮语
胜似雷霆万钧
一句话
蕴藏着一份勇往直前的热忱

一句话
包含着一份滚烫的赤诚之心
彰显着共产党员敢于承担的
责任

我是党的一员
人民的一头牛
要为人民拉一辈子的车
争取为人民做很细小的事
人民是何等的幸福啊
有 8000 多万头牛
在为人民拉车
人民是何等的快乐啊
有 8000 多万人记得
做细微之事
哪怕小如尘埃

焦裕禄有一把藤椅
那是为人民服务的藤椅
崔庆余亦有一把藤椅
那是艰苦朴素的藤椅
那是几十年如一日的藤椅
那是写下 124 本日记的藤椅
那是为爱心图书馆奠基的
藤椅

60 余年如一日

不忘初心
党费、特殊党费
是他心中的第一
忠为党,愧对家
钱财,不为妻子儿女留下
弥留之际心中的第一却
不能忘记
这是一个什么样的人
一个高尚的人
一个纯粹的人
一个有道德的人
一个脱离了低级趣味的人
一个大写的人

平淡生活

离休后的崔庆余
没有曲折的故事发生
过着平淡的生活
在一个阳光又一个阳光里
一辆破旧的三轮车
满载着一车车幸福
被渴望者一一拎走

在风里,在雨里
在炎热的酷暑里
在寒冷的冬日里

一圈又一圈的车轮
覆盖着一深一浅的脚印
从淮阳向南
从鲁台向北
一步步丈量着幸福的大地
和大地上渴望知识的人民

六十几个春秋
走了几个二万五?
老崔张开双手
那厚厚的老茧里写满忠贞
写满执着
三轮车在破旧的院落里
沐浴阳光,沐浴春风
60余年的风雨,60余年的坚守
60余年的追求,一切的一切
似乎,从未发生

差 别

在斜阳里
一群老人
在打牌、下棋
在龙湖的树荫下
谈天说地
讨论《水浒传》和《三国演义》

老崔不一样
老崔是党员
老崔是离休干部
老崔有三千多元离休金
老崔不打牌、不下棋
和三轮车一起下乡
老崔笑得灿烂

几十年如一日
老崔和三轮车
风雨同舟
日积月累
四十万元人民币
被二万册图书分摊

老崔说，人无完人，金无足赤
我和他们一样
都是群众中的一员
只是席上地上
没啥差别

大爱在春光里绽放

——献给"见义勇为"青年郑春光

序

2014 年的春天
在豫东平原
在三川大地
在陈州湖畔
在万家团圆的
除夕夜晚
来临
就在这个春天悄悄来临的夜晚
一场熊熊燃烧的大火
在郑集,河南淮阳的一个小镇
把无限的春光燃尽

壮烈如虹

让我们把镜头定格在——
公元 2014 年 1 月 30 日
19 时 40 分
——这一瞬间啊!
是如此地辉煌!

——这一刻啊!

是那样地明媚!

——这一交汇的时空

美轮美奂

面对一簇簇燃烧的大火

那个年仅23岁的郑春光

不顾父亲的劝阻

不顾妹妹的阻拦

义无反顾、毅然决然、毫不犹豫

投入了爱的火热中

那熊熊大火里的生命

那熊熊大火里的集体财产

23岁的生命都依然记得

那振臂高呼就是雷鸣

那急骤的步伐就是闪电

那纵身一跃就是马踏悬崖

在浓浓的烟雾里

在浓浓的火海里

在噼里啪啦的响声里

你在寻找什么?

寻找仁爱,寻找博爱,寻找至高无上的大爱

你寻找

当代焦裕禄式的好书记陈新庄

你寻找

呕心沥血、桃李满天下的李松山

你寻找

新时代欧阳海式的英雄王建设
你寻找
将爱心播撒世界、将光明留给世界的单晓霞
你寻找
火海里舍生忘死连救 12 人的夏青
你寻找
最美老党员、舍生取义的彭秀英
这些华夏儿女的英灵
这些中原大地的英灵
这些三川大地的英灵
这些淮阳古城的英灵
他们、她们与地同在，与云同行，与日月同辉……
2014 年的 1 月 30 日的夜晚啊
是个不眠的夜晚
那个夜晚
是个璀璨的夜晚、伤心的夜晚
是个永垂不朽的夜晚
是个燃烧生命、燃烧青春
燃烧英雄的夜晚
那个夜晚
你，壮烈如虹！

山河壮美

都知道
春天很美丽
春天很靓丽

春天很温暖

春天很惬意

可春天也有凛冽的风

春天也有凄凉的雨

春天也有冰冻的泪珠

也有寒流的侵袭

你——郑春光

不思前、不想后、不顾及、不眷恋地走了

你，走得壮烈、走得威严

匆匆忙忙，走得太急

你才23岁啊！

老父老母要你尽孝啊！

兄弟姐妹要你帮助啊！

相恋的情人要你拥抱啊！

你记得否

母亲那声声的叮嘱

父亲那谆谆的教诲

兄妹那暖暖的祝福

战友那依依的眷恋

恋人那深情的回眸

家乡人那殷切的期盼

在春光里，你继续寻找

在火海里，你继续寻找

你用记忆寻找记忆

在血与火的考量中

你在寻找生死疲劳

抚摸着春天温暖的风

抚摸着春天亮丽的景
抚摸着春天惬意的情
可、再怎么温暖、亮丽、惬意
也抚慰不了家乡父老、兄弟姐妹
和深深呼唤你的同学、老师、战友
的悲伤、悲痛
是夜
春光破碎，山河壮美！

爱在绽放

在这个世界上
大于一切的爱是什么？
对亲人的亲爱！
对朋友的友爱！
对同志的挚爱！
对人类的热爱！
爱——对于郑春光的生命解析
在大火里燃放出的精神
就是一大写的字——爱！

与人为善，乐于助人是爱
在世人为扶不扶而纠结彷徨时
你丢弃水果摊
把患急病的路人送到医院
在世人称"90后"群体是被宠坏的孩子时
你用对亲人的爱

对朋友、对同学、对老师、对战友
对陌生的路人
诠释着你利人之心
诠释着你每一天、每一分、每一秒的精彩！
因为有了爱
幼时孝顺长辈
上学时关心同学
在部队情系战友
退伍后不忘乡邻
因为有了爱
你从没有彷徨、迷茫和苦闷
因为有了爱
你才自强、自立和自信
你才勇敢地、义无反顾地、风车电掣般
赶向火海
赶向生死场

见义勇为，舍己救人是爱
在火海里你搜救被困乡邻
在火海里你挽救公共财产
这是崇高的爱，是爱祖国、爱人民
是博大精深的爱

你就是一团燃烧的火
在哪里燃烧，哪里就温暖如春
在哪里点亮，哪里就阳光明媚
在学校是个好学生

在家里是个好孩子
在部队是个好战士
退伍后是个好青年
你的这团火
是去除寒冷之火
是播种希望之火
是剥离世俗之火
是播撒大爱之火
你的这团火
永远燃烧在中原大地
燃烧在三川大地
在郑集，在陈州，在淮阳
在春光里绽放——绽放

平凡的你

这个世界,是美好的
所遇即是温柔
生活就这么简单
你有很多选择
包括,在夜晚
去看月圆星稀
包括,在夜半
去听狂风暴雨
你却静静地选择
在电脑桌前
用心地敲打键盘
为白天的疑问
寻觅答案

这个世界,多么地美好
相信温柔
包括爱自己
慷慨一点儿吧
一切的一切
都会来临
河东或河西
不信

跑起来就会有风
追你
这不是什么人间奇迹
世界那么地美好
云雪飞舞
改变不了你的厚度
穿行在彩虹里
自然而静谧
漫步于林间小道
无限夕阳
幸福而甜蜜

星在闪
夜已深
平凡的你
在飞舞的键盘上
敲打着简单的自己

最美的你

——追忆全国商业劳动模范李景彦

人生有许许多多的最美
最美的春天
最美的花朵
最美的青春
最美的岁月
最美的群山与河流
现在又有了最美的教师
最美的护士
最美的医生
最美的家庭

如果,那个时代也评选
最美
你一定是最美的粮店营业员
一定是最美的粮库保管员
一定是最美的支部书记
一定是最美最美的劳动者
一定是最美最美的共产党员

如今,你已逝去十个春秋
想起你在粮店的那些日子

你爱岗敬业，甘于奉献
一年 365 天，粮店里每个角落
都留下你的足迹和身影
你开拓创新，争创一流
冬卖热夏卖凉，烹饪煎炒四季香
你勤俭节约，艰苦奋斗
一粒粮一滴油一根绳
一厘一钱都放在心上
你热爱劳动
搬粮上车、搭粮上肩树榜样
你热爱百姓
20 年风雨无阻
为军烈属、五保户上门送粮

你是头雁，羽翼集结起腾飞的力量
你是旗帜，飘扬着引领飞翔的方向
你是桥梁，用担当凝聚美好的希望
你是劳模，用初心绘就人生最美的时光

那年，你毫无眷恋地走了
带着幸福与安康
那年，你悄无声息地走了
带着满足与荣光
留给我们的是敬业、是爱岗
是传承、是力量
是为人民服务的坚定信仰
是难以忘怀的回忆和回想

如今,让我们在回忆和回想中
洒一行热泪给你
让我们在回忆和回想中
掬一捧鲜花给你
让我们在回忆和回想中
鼓一下掌声给你

此时,您应该知道
泪水是一种思念
鲜花是一种心情
掌声是一种赞美
此时,我们回忆着
我们思念着
我们想象着
你在那个世界里
依然初心不改
依然热爱劳动
依然积极乐观
依然佩戴鲜花
你佩戴鲜花的模样
依然很美
很美

以爱的名义

——写在淮阳外国语小学建校二十周年之际

今夜，灯火如虹
淮阳用她深情的臂膀
托起历史的灿烂星空

今夜，热泪奔涌
龙湖用她起伏的心胸
诉说着难以忘怀的感动

今夜，热血沸腾
在这里，一双双熟悉的眼睛
回想着二十年来每一个顶天立地的身影

今夜，掌声雷动
在这里，一副副亲切的面容
回想着二十年来每一个可歌可泣的英雄

今夜，在时间的长河中
让我们一起回想走过的二十载旅程

今夜，请让我们穿越时空
一起寻觅七千三百多个日夜中的

感怀、感念和感动

今夜，让我们掂出岁月的拓片
一起回想感召我们的感知、感悟和感奋的激情

今夜，让我们欢呼雀跃、雀跃欢呼
一起起立，合力拍响发自我们内心的掌声

那是怎样的一个时日，掀开 2003 年的日历
排除阻力和干扰，历经艰辛，终于奠基启动

我们的外国语小学啊！成长之初就在心里刻下了
诚朴刚毅、和乐相融

为了这铮铮誓言啊！我们的领航人
在这七万多平方米的校园里
用他那瘦弱的身影写满了担当、大爱和忠诚

为了这铮铮誓言啊！我们全体教职员工
在这七万多平方米的校园里
团结奋进、众志成城
要把这种精神镌刻成永恒

2006 年啊！那是多么幸福的时光呀
我们带着兴奋，带着惊喜，带着憧憬
我们拥有了新的校名

这是一次飞跃，一次质的飞跃
人无我有、人有我新、人新我精、人精我变的发展策略
掷地有声

以爱的名义出发，向强校拓展扩容
这实实在在的话语，不只是掌舵人对我们的叮咛

三年一个台阶，五年一大跨越
团结一致，甩开臂膀
让我们挺胸前行

站起来，就是一座丰碑
我们要让学生敬仰，我们要让家长敬佩
我们要让社会敬重

站起来，就是棵棵青松
我们要留下岁月峥嵘，我们要留下四季常青
我们要留下人间清风

站起来，就是模范的行动
我们要抒写执教为民，我们要抒写清正廉洁
我们要抒写克己奉公

站起来，就是一种精神
我们永不懈怠，我们永不气馁
我们要做人民满意的园丁

时光如梭，岁月匆匆
2023年啊，我们迎来了二十年大庆
回首看我们留下的一行行脚印啊
该是多么地荣耀和光荣

是啊，二十年的打拼与奋斗
二十年的树木已郁郁葱葱
二十年已燃烧了青春岁月
二十年已点燃了蓬勃的生命
二十年我们夯实基础、培养习惯
启迪心智、发展个性
二十年我们知行如一，持之以恒

看啊！
两校、两园、一部
共同构筑起我们的和融之梦
看啊！
联手中国教育学会，北大附中附小远程教育
亦邀请我们加盟
从经典诵读、趣味数学到高效阅读、思维训练
皆成风景
看啊！
"树童朗文英语" "清华少儿英语"
"语言双师英语" "斯坦福英语"
英语教学品牌快速提升
六环高效课堂教学模式成效显著
学校和融文化建设体系已经形成

看啊!
全国文明校园,全国优秀少先队集体
河南省民办教育品牌学校
河南省义务教育标准化管理示范区
这一串串当之无愧的荣誉
如被高高挂起的永不消失的彩虹
洒满陈地生辉

二十年啊!
我们形成了自信自强、尽善尽美之校风
二十年啊!
我们形成了博学善教、尊重差异之教风
二十年啊!
我们形成了自主合作、勤学乐思之学风
二十年啊!
我们脚步铿锵,我们风雨兼程

今夜,让我们再次仰望星空
默念我们的校训"诚朴刚毅、和乐相融"
今夜,让我们再次写下誓言
用青春、用汗水、用生命
今夜,让我们再次吹响逐梦的号角
紧跟时代的步伐,无怨无悔,奉献一生
今夜,让我们而今迈步从头越
锚定未来,凝心聚力,踔厉奋发,踏上新征程

今夜,就让龙湖作证

让我们聆听着掌舵人的一声声召唤,唱响新时代,抒写新光荣!

今夜,就让星空作证

让我们共同唱一曲荡气回肠的和融赞歌,再创辉煌,再展雄风!

今夜,就让大地作证

让我们手挽手,肩并肩,与时俱进,一路奋楫前行!

有你真好

——有感于挚友结婚纪念日的拥抱

在那个时日
是你
把最好的年华
和心中最美的
山河
一起定格在
天地间最小的
相框

那个时日
微风不燥
阳光正好
你是我心中最美的新娘
我是你眼里最萌的情郎

这世界
人来人往
这世界
东奔西忙
这世界
悲悲喜喜

有宁静也有疯狂
真实的故事
也许就是这样

人生就是浪浪苍苍
不要问，为什么
一棵树有一棵树的
远方
伤痕会记住
天空的翅膀
脚印会懂得
路有多长

活着是一件幸福的事情
比如鲜花中的拥抱
有你真好
有你我就有时间
有你我就有烟火
就如我今晚送你的花朵
让她慢慢地舒展
慢慢地开放
让她记住今晚
记住天地岁月
记住你我
和生活的分量

在中恒村,遇见风雨

是的,相识总在风雨中
心中本无雨
雨留在心中

这个时侯,走进这片沃土
看见了,比钢还硬的钢
看见了,比铁还铁的铁
看见了碧绿与葳蕤
一种敬意,油然而生

今夜有风,轻柔的风
今夜有雨,急骤的雨
今夜有缘,不止千里奔波

来吧,到中恒村
这里有花香
这里有蓬勃
这里有丰硕
更有不亦乐乎的快乐

到这里来的,不只是远方
还有诗,还有比诗更硬的

更柔和的青春

来吧，这里有风，有雨，有太阳
有水，有根，有希望

来吧，来这里
让我们合起手掌
让我们并齐肩膀
心连心，手拉手
甩开臂膀
在这温暖的大地上
踔厉奋发，负梦起航

附录

诗经·陈风十首

宛 丘

子之汤兮，宛丘之上兮。
洵有情兮，而无望兮。

坎其击鼓，宛丘之下。
无冬无夏，值其鹭羽。

坎其击缶，宛丘之道。
无冬无夏，值其鹭翿。

【译文】：你起舞热情奔放，翩舞在宛丘之上。我真的倾心恋慕，想要追寻却无望。你击鼓坎坎声响，宛丘之下舞翩然。不分是寒冬炎夏，手持鹭羽舞美艳。你击缶坎坎响亮，翩舞于宛丘道上。不分寒冬炎夏，手持鹭羽舞得漂亮。

【鉴赏】：这首诗是先秦时代陈地（今周口淮阳）汉族民歌，主要写当时陈国的巫风之盛。这首诗写了痴情男子对巫女的喜爱，表达了男子对巫女真挚的爱慕之情，然而男子在道德观念的约束之下，对女子的情爱变成一种无望的相思。

该诗分三章，每章四句。诗的第一章情感热烈，第一句交代思慕的对象巫女，男子被其深深吸引，流露出内心的仰慕；第二句加以渲染和铺展，以"宛丘"二字联系上句，指出巫女跳舞的地点，写出男子每时每刻的关注；第三句则直抒胸臆，直接写出男子对巫女的爱慕之情，情真意切；末句写出男子的喜而无奈和单相思的幽怨惆怅之意（而无望兮）。在第二章和三章中，采用白描和重章叠句，巫女欢快地跳舞，"坎"声，写出巫女击鼓、击缶的声音，其鼓声响彻在男子的心间，强烈地吸引着他。紧接着，通过空间和时间的变换，写出了女子跳舞的优美和奔放，表达出男子对巫女苦苦爱恋的执着之情。发乎情，止乎礼。对于男子与巫女的结果，诗中并没有给出答案，但人们读此诗时，对男子所流露的痴情会有深切的感受。

月　出

月出皎兮，佼人僚兮。
舒窈纠兮，劳心悄兮。

月出皓兮，佼人懰兮。
舒忧受兮，劳心慅兮。

月出照兮，佼人燎兮。
舒夭绍兮，劳心惨兮。

【译文】：月亮出来明莹莹，美人样貌真漂亮。姿态窈窕步盈盈，让我念她心烦忧。月亮出来亮晶晶，美人样貌真姣好。姿态窈窕步缓缓，让我思她心忧愁。月亮出来光亮亮，美人样貌真美好。姿态窈窕步悠悠，让我想她心烦躁。

【鉴赏】：这是一首望月怀人的情诗，抒发了男子在皎洁月光之下对心中美丽女子的思念之情。全诗分三章，每章四句，每句四字，重章叠句，形式整齐，采用借物抒情、起兴的方法表达对美丽女子的思念。每章的写作思路为：抬头望月、思念女子、女子美貌和内心爱慕。

本诗语言在运用上柔美缠绵，从月下男子举头望月写起，然后想到所思女子美丽的容颜，对女子思忧之情跃然纸上。男子相思、美女之貌和月色妖娆构成动人的月下相思的美丽图景。每章第一句以"月"这一美好意象起兴，写出月出时的洁白柔美，"皎""皓"和"照"三字表达出月色的迷人之状，为所思女子的出场奠定了情感基调。第二句写出所思女子的美丽动人，用字凝练，虽然只用"僚""懰"和"燎"三字，但女子的悦人之处却给读者留下了诸多想象空间。第三句则重点描写女子姿态美，运用动作描写细致传神地对女子的缓缓起步进行刻画，增加了女子美的神秘感，营造了一种迷离朦胧的意境。面对这样婀娜的女子，诗人又有什么想法呢？在诗的最后一句进行了交代，诗人表达出了自己的"劳心"之态，"劳心悄兮""劳心慅兮"和"劳心惨兮"直抒其情，表达了浓郁的相思之情，抒发了思而不见的哀怨惆怅之意。此句心理描写值得学习。另外，全篇各句以感叹词"兮"收尾，声调柔婉平和，饱含着抒情主人公无尽的愁思，这与洁白的月光相照应，产生了回环往复、余味无穷和迷离朦胧的艺术境界。

这首诗开创了我国望月怀人的诗歌传统。在中国古典诗歌之中，"月"这一独特的意象蕴含着丰富的意蕴，成为寄托诗人思乡念友的客观物象，化为了思乡的代名词。

泽 陂

彼泽之陂,有蒲与荷。
有美一人,伤如之何?
寤寐无为,涕泗滂沱。

彼泽之陂,有蒲与蕳。
有美一人,硕大且卷。
寤寐无为,中心悁悁。

彼泽之陂,有蒲菡萏。
有美一人,硕大且俨。
寤寐无为,辗转伏枕。

【译文】:在那清清池塘旁,长着蒲草与荷花。有个英俊的男子,让我思念没奈何。朝思暮想没办法,涕泪滚滚如雨下。

在那清清池塘旁,长着蒲草与兰花。有个英俊的男子,身躯高大容貌好。朝思暮想没办法,心中忧愁不堪言。

在那清清池塘边,长着蒲草与荷花。有个英俊的男子,身材高大又端庄。朝思暮想没办法,伏枕辗转多烦恼。

【鉴赏】:该诗写一位女子的怀人之情。诗共三章,都是用生于池塘边的植物香蒲、兰草、莲花起兴。散发出蓬勃生机的植物,波光潋滟的池水,呼唤着生命的旺盛发展。女子目睹此景,心有所感,自然而然地想起所思恋的男子了。我们不知道，这两个青年，究竟是相恋相思，还是女方在单相思。但是，我们知道，这个女子强烈地爱上男方了。在她眼中和心里，男子"硕大且卷""硕大且俨"。爱是感性的、直观的行为，男子身材高大强壮，神态庄重有威仪，这些可以捉摸到的外形和品格，就成了女子择爱的具体条件。思念中的男子，与女子心目中的爱人是那样一致，所以女子自然真诚地赞美起男子来。不过，眼下女子还没有得到男子爱的允诺，还不知道男子会不会以爱来回报，因此，她睡不安，行不安，流泪伤心，希冀等待。细节的描述，把内心真挚的爱，衬托得非常强烈！

春秋战国时期，在爱情方面，女性有很大的自由度。封建意识形态中伦常观念，还没有成为社会伦理的统治思想。特别在民间，男恋女，女恋男，发而为诗为歌，真诚、直率、坦诚，给人带来一股清新的气息。

东门之池

东门之池，可以沤麻。
彼美淑姬，可与晤歌。

东门之池，可以沤纻。
彼美淑姬，可与晤语。

东门之池，可以沤菅。
彼美淑姬，可与晤言。

【译文】：东门外有护城河，可以浸麻可泡葛。温柔美丽的姑娘，可以和她相对唱。东门外有护城河，泡浸纻麻许许多。温柔美丽的姑娘，可以和她话家常。东门外有护城河，泡浸菅草一棵棵。温柔美丽的姑娘，可以和她诉衷肠。

【鉴赏】：这是一首欢快的劳动对歌，描写了青年男女在劳动中相恋的过程。本诗以沤麻起兴，将艰苦的劳动场景与谈情说爱的过程统一起来描写，让我们更加体会到爱情生活的幸福与甘美。在城东门外的护城河边，青年男女们在做着沤麻的活计。麻的纤维可以纺织成漂亮的衣服，但要先浸泡软化，然后才容易从麻秆上剥落下来。在这个艰苦枯燥的劳动过程中，青年男女的眼神总要碰出电石火花。一个大胆的后生看中了池塘对面的一个美丽姑娘，于是就没话找话地搭讪起来。浸泡的麻，捞出、漂洗、剥离是相当艰苦的劳动，但能和自己心仪的姑娘在一起，又说又唱，心情则大不相同，因而艰苦的劳作变成了盼望着的温馨相聚，歌声中也一定充满欣喜和快乐。

此诗三章只换几个字，沤的对象不只是麻，还有纻、菅。其次，晤的形式变了，还有言来语去。这就是随着劳动过程的延续，爱情的温度也在渐渐提升啊！

诗歌每章开头之"东门之池"，点出了主人公心中所思慕的姑娘活动的地点、环境，由此而引出了姑娘所从事的活动的具体内容，为读者营造出一幅天然、明朗、清新的生产生活画面。两人由晤歌、晤语到晤言，一路走来，感情逐渐加深，这种思慕与追求，带着纯朴的乡土气息，扑面而来，男女之间的爱因劳动而相逢相知，因劳动而美丽高贵。

东门之枌

东门之枌，宛丘之栩。
子仲之子，婆娑其下。

穀旦于差，南方之原。
不绩其麻，市也婆娑。

穀旦于逝，越以鬷迈。
视尔如荍，贻我握椒。

【译文】：东门种的是白榆，宛丘种的是柞树。子仲家中好女儿，大树底下婆娑舞。良辰美景正当时，同往南方平原处。搁下手中纺的麻，姑娘热情婆娑舞。良辰佳会总前往，屡次前往已相熟。看你好像锦葵花，送我花椒一大束。

【鉴赏】：这是一首情歌，诗中描绘了青年男女欢会歌舞，互表情爱的景况。朱熹《诗集传》曰："此男女聚会歌舞而赋其事以相乐也。"诗以小伙子的口吻描写他们的恋爱故事。纵向上，描绘了他们的从相识、相知，到最后相互慕悦、赠定情物的全过程。横向上，交代了见面的地点：一在东门，即陈国都城的东门；二在南原，大概就是今天的平粮台；三在途中，大概是去逛二月庙会的途中。时间：穀旦，大概在早春二月，也就是流传至今二月庙会期间（农历二月二至三月三）。在这一美妙的时光里，姑娘、小伙儿搁下手中的活计（"不绩其麻"），多次去那里幽会、谈情（"越以鬷迈"），姑娘舞姿翩翩，小伙情歌宛转，幸福的爱情之花含苞待放。在小伙眼里，姑娘美如锦葵花；在姑娘心中，小伙是她的希望和依靠，要送一束花椒来表白感情。诗中写了宛丘的绿树，双方的约会，闹市的共舞，途中的同行，深情的夸赞，美好的赠礼，画面感极强，一一如在眼前。

东门之杨

东门之杨，其叶牂牂。
昏以为期，明星煌煌。

东门之杨，其叶肺肺。
昏以为期，明星晢晢。

【译文】：我依偎在东城门外小白杨旁，浓密的树叶辉映着金色的夕阳。约好了黄昏时相会在老地方，却让我苦苦等到了星星闪闪亮。我来到了东城门外白杨林边，浓密的树叶被晚霞的余晖映红。明明和我约定在黄昏时见面，却让我苦苦等到了星星挂满天。

【鉴赏】：本诗篇幅短小，内容意蕴朦胧。诗中的景物描写简单、平淡，虽然只写了杨树和星星两种景物，却构成一幅恬静的、如梦如幻的夏夜美景。约会的时间明明定在黄昏，但诗中的主人公苦苦地等到启明星闪耀在东方，依然未见情人到来，内心是多么地焦急？满心的期待夹杂着失望和懊恼，复杂的心情溢于言表。

本诗在写作手法上，除了采用以景衬情，还采用了朦胧的手法。诗中并未说明等待者是男子，还是女子，也没有表现出或爱或恨的感情。全诗将许多情事藏于朦胧之中，给读者留下很大的思考空间，产生了含蓄无限的艺术效果。

防有鹊巢

防有鹊巢，邛有旨苕。
谁侜予美？心焉忉忉。

中唐有甓，邛有旨鹝。
谁侜予美？心焉惕惕。

【译文】：堤坝怎会有鹊巢？土丘怎会长美苕？是谁离间我爱人？使我心忧添烦恼。庭中怎会用房瓦？土丘怎会长美绶？是谁离间我爱人？使我心忧添烦恼。

【鉴赏】：作者本意为鹊巢不应当筑在堤岸上，芦苇不应当长在土丘上，庭院道路上不应当用房瓦，山坡上不应当长满小绶草。因此，该诗的情绪症结，在于把不协调的事物放在一起，引起恐惧和担忧。为何恐惧担忧？从原诗文本上来看，应该是为了"予美"二字，意为"我所爱慕的"。在《诗经》中，美有美人、丈夫或妻子的意思，也有美丽、美好的意思。因为喜爱，所以觉得这个人很美。但这个人此时正在深受别人的诱惑，作者心里既担心又害怕。由此可见，"予美"的对象，不一定是已经与作者定情相恋的人，但一定是作者暗恋之人。从全诗结构上来看，被爱之人并不十分清楚自己被谁暗中爱上了，而第三者悄然而至。自己暗恋的人要被人抢去了，而他们又是如此不般配。于是，作者暗中焦急，他想告诉自己的心上人，只有他们才是完美的一对。但是，这一切似乎让人万般无奈和无能为力。

在艺术手法上,运用了大量的比喻。诗中以"防有鹊巢,邛有旨苕""中唐有甓,邛有旨鹝"起兴,比喻那人和作者的心上人不般配。同时,比喻中采用的是自然界不可能发生的现象,比喻人世间也不可能出现的情变。因此,作者的担心或许是多余的。就算作者内心忧愁又害怕,但是"谁侜予美?"真正的爱情是坚贞不移的。从这一句也可以看出作者坚定的信念和对爱情的真挚专一。

株　林

胡为乎株林？从夏南！
匪适株林，从夏南！

驾我乘马，说于株野！
乘我乘驹，朝食于株！

【译文】：为何他到株林转？大概要跟夏南玩。其实他到株林去，根本不是找夏南。乘着大车赶四马，株林郊外卸下鞍。驾着轻车赶四驹，奔抵株林吃早餐。

【鉴赏】：这是一首讽刺陈灵公等人与夏姬淫乱的诗。据《左传》《史记》载，陈国大夫夏御叔娶郑穆公之女夏姬为妻，生子夏徵舒，字子南。夏姬貌美，陈灵公及大夫孔宁、仪行父皆与之私通，故有此诗为刺。后来夏徵舒杀死陈灵公，孔宁、仪行父逃往楚国，陈国被楚国所灭，夏姬又辗转从他人。《毛序》曰："株林，刺灵公也。淫乎夏姬，驱驰而往，朝夕而不休息焉。"诗以设问方式故意提出疑问，暗中影射陈灵公并不是去寻找夏南，而去寻找夏南的母亲，意在言外，耐人寻味。

此诗开篇，大抵正当这班衣冠禽兽出行之际。辚辚的车马正喜滋滋地驰向夏姬所居的株林，路边的百姓故作不知地大声问道："他们到株林干什么去？"另一些百姓心领神会又故作神秘地应道："那是去找夏南的吧！"问者佯装不解其中的奥妙又问一句："不是到株林去？"应者笑在心里，又煞有介事地坚持道:"只是去找夏南!"

到了第二章,又换了一幅笔墨。辚辚的车马,终于将路边百姓的问答摆脱;株林也已遥遥在望,陈灵公君臣总算松了口气。陈灵公颇为夸耀地说:"驾着我的四匹马拉的大车在株林的郊外休息!"喜悦之情溢于言表。陈灵公的两位大夫更是笑眯眯地说道:"到株野还赶得上吃早饭呢!"这里的"说于株野""朝食于株"语带双关,"说于株野"即"睡于株野",谐音双关;"朝食"在当时常用作隐语,暗指男女间的性爱,语意双关。

其实,路边的百姓早知道陈灵公君臣的丑事,却又故作不知地发出一连串的问答,这样的讽刺笔墨,实在胜于义愤填膺的直接揭露。它的锋芒,简直能透入这班衣冠禽兽的灵魂。这样的讽刺笔墨,实在是犀利的,意在言外,耐人寻味。

墓　门

墓门有棘，斧以斯之。
夫也不良，国人知之。
知而不已，谁昔然矣。

墓门有梅，有鸮萃止。
夫也不良，歌以讯之。
讯予不顾，颠倒思予。

【译文】：墓门有棵酸枣树，拿起斧头劈了它。那人不是好东西，全国人人知道他。知道他也不买账，昨天还是这模样。墓门有棵酸梅树，猫头鹰儿守着它。那人不是好东西，编只歌儿劝告他。劝告他也不悔改，心里万事颠倒看。

【鉴赏】：这首诗表现了人民反抗不良统治者的强烈情绪，相传这是骂陈佗的诗（"墓门，刺陈佗也。"《毛诗序》）。据《左传》载，陈佗在陈桓公病中，杀了太子免。桓公死后，陈佗自立为君，陈国因而大乱，国人至于分散。后来蔡国为陈国平乱，把陈佗杀死。这样的人自然是人民所反对的，因而作《墓门》以刺之。

作为一首政治讽刺诗，此诗仅两章十二句，可谓短小精悍，每句四字，斩截顿挫，传达出指斥告诫的口吻。两章的开头以动植物（棘、梅、鸮等）起兴，其象征意义耐人寻味，表达出诗人对恶势力的鄙夷、痛斥，但国家依然坏人当道，多行不义，故每章的四、五两句以"顶针"手法将诗意推进一层，转为感叹，忧国之意可感。此诗可谓在率直指斥中不乏含蓄深沉，因而流传甚广，传诵至今。

衡 门

衡门之下,可以栖迟。
泌之洋洋,可以乐饥。

岂其食鱼,必河之鲂?
岂其取妻,必齐之姜?

岂其食鱼,必河之鲤?
岂其取妻,必宋之子?

【译文】:横木做门简陋屋,可以栖身可以住。泌水清清长流淌,清水也可充饥肠。难道我们要吃鱼,黄河鲂鱼才算香?难道我们要娶妻,非娶齐国姜姑娘?难道我们要吃鱼,黄河鲤鱼才可尝?难道我们要娶妻,非娶宋国子姑娘?

【鉴赏】:诗中所描写的是一个安贫乐道、自守自慰的隐者形象,他支横木以安身,饮清流以充饥,不追求食色之欲,只唯求随缘自适而已,表现了他安于贫贱、不慕权贵而悠然自得的闲适心情。本诗从正面抒发志向,言辞清雅,语调平静舒缓,尤其后两章连用了四个反问句,使语气为之一振,鲜明而清晰地表达了隐者的坚定信念,使全诗跌宕多姿而语断意连,大大增强了其艺术感染力。有了这种"从不追逐食色之欲,只求随缘自适而已"的生活态度,自然也就有了淡泊高雅的情趣。诗中的"横门栖迟"和"泌水乐(liáo)饥",后世成为了"安贫乐道"的代名词，也为后世的闲隐诗起了一定的作用。每餐饭能够"食有鱼"便知足，不必求高档昂贵奢侈的鲑鱼、鲂鱼、娃娃鱼；"居有妻"便知足，不必非要娶高门大户家的千金小姐，却是在永无止境的欲望面前，能够知足、知止、知乐，倒也实属不多见。尽管人们也懂得安贫乐道与知足常乐的道理，但多数人却难以做到。真正的知足常乐者太少了，但毕竟有，这就是人类的希望所在。茫茫大海中只要还有一座照明的航标，就可以引导人们的心灵渡到理想的彼岸。

老子在《道德经》中反复告诫我们："故知足之足，常足矣。"不知满足，永远没有满足；知道了满足，任何时候都能心地坦然。知足常乐，已不仅仅是一种自我安慰，更不只是对贫穷窘困者而言，富贵者同样也当设立这样的警戒线。越过警戒线，是无边苦海；固守在警戒线内，便是自我解放。

后　记

中国向有"诗的国度"的美誉，而《诗经》便是这诗国之诗的源头。

《诗经》原名《诗》或《诗三百》，汉代统治者"独尊儒术"，《诗》被儒生们作为经典之一加以学习，始有《诗经》之名。

《诗经》包括风、雅、颂。风，取义于化，主言政教风化，共分为十五国风，大部分是民歌。雅，意思是正，主言王政得失，分为小雅、大雅，多为贵族所作。颂，意思是赞美，主言人君功德，分为周颂、鲁颂、商颂，是王侯祭祀时所用。

《诗经·陈风》是十五国风之一。它不仅涉及了古陈国的兴衰更迭，还融合了中原文化、东夷文化以及苗蛮文化的精髓。

古陈国的都城就是今天的周口淮阳。过去的古陈国比现在的周口市还要大得多。它北至商丘柘城，西至西华夏亭，西北到扶沟、开封，东至安徽涡阳，南至新蔡东南。

《诗经·陈风》十首大抵描绘了上述地方的风俗人情。十首古诗，有写月下思美人的《月出》；有写水边恋帅哥的《泽陂》；有写男子痴爱巫女的《宛丘》；有写劳动产生爱情的《东门之池》；有写聚会擦出火花的《东门之枌》；有写男女约会久候不至时焦急惆怅之情的《东门之杨》；有写相爱之人害怕失去爱情的《防有鹊巢》；还有讽刺诗《株林》；还有表现劳动人民安于贫贱，不慕权贵而悠然自得的《衡门》。总之，这些诗歌既有对爱情的热烈追求和对忠贞不渝的爱情的颂扬，也有对劳动生活的赞美和对自然风光的描绘。这些诗歌生动形象地反映了陈地人民的生活状态、情感世界和社会风貌。

今天的周口，作为古陈国的核心区域，拥有丰富的历史文化遗产和旅游资源。太昊陵、平粮古城遗址是国家级文物保护单位，与陈楚故城、弦歌台等省级文物保护单位共同构成了周口独特的文化景观。

在这个新时代的历史背景下，今日的周口在跨越千年的文化旅程中，也发生了天翻地覆的变化，特别是最近的十年间，1260万周口儿女，用智慧和汗水，在广袤的三川大地上，织就了一幅生机勃勃、绚丽多彩的锦绣画卷。生产总值跨越3000亿元台阶，全市国家级高新技术企业达161家；新认定科技型中小企业405家，河南周口国家农业高新技术产业示范区获国务院批复。近十年来，全市航运企业发展到20余家，共有货运船舶2192艘、从业人员2万多人，周口港发展成全省最大、靠泊能力最强的现代化综合港口，货物吞吐量占全省总量近八成。纺织服装产业是周口的主导产业，周口有近1500家纺织服装企业，年产纱锭500余万锭、各类服装近7亿件，初步形成了集研发、纺纱、织布、染整、面料、服装、销售于一体的全产业链，实现了"一朵棉花进，一套成衣出"。一组组亮眼的数字，记录了千万人民加快建设现代化周口的辉煌印迹，彰显了建设"临港新城、开放前沿，道德名城、魅力周口"的信心与决心。

新芽岁岁破枝，枝干年年伸展。十年的接续奋斗，让周口成为了全国文明城市、优秀旅游城市、全国卫生城市、国家园林城市和国家生态城市，为周口的可持续发展开启了崭新的一页。

我作为一名诗歌爱好者，生活在这个变革的新时代的大熔炉中，当看到家乡最美的风景时，情不自禁，不自觉地写下了一首首颂扬家乡的小诗。我不知道，这一首首小诗能否真实地再现周口的繁荣昌盛，能否真实地再现古陈国的荣光。但，我尽心了，尽力了。

这部诗集共收录了 108 首诗歌。大部分是 2018 至 2024 年发表在市级及以上报刊上的作品。因此，很感激《青年文学家》的李晓玲、《诗意人生》的赵庆军、《大河诗歌》的彭进、《中国好诗》的王伟、《大河文学》的黄献、《周口日报》的董雪丹以及《传奇故事》和"中国诗歌网"的编辑老师们；很感谢挚友李同森的无私奉献，在百忙中为我送来了《陈风十首》；很感谢赵树理文学奖评委、山西师范大学的刘阶耳教授在百忙中为这本诗集写下最美的序言，更感谢哈尔滨出版社的编辑老师们，以最快的时间审校出版了这本集子。

我记得在诗集《等一树花开》的后记里，我写了这样一句话：生活在淮阳这片土地上，我感到无比的快乐和幸福！

真的，在周口，在淮阳，让我感到快乐和幸福的原因就是遇到了想遇到的人，看到了想看的风景，写下了想写的诗。

在写诗的路上，我遇到了写小说的钱良营、柳岸、李乃庆、红鸟、孙权鹏；遇到了写散文的阿慧、董雪丹、董素芝、李涛、高晓春；遇到了写诗的李新华、荒村、彭进、陆璐、丁一；遇到了以教书育人为己任的王业生、李耀文、董长林、董长申、白子兴、徐良、黄文辉、孙博、侯家奎、吴之生、李振华等。就是这些亦师亦友的老师们不断地鞭策我、鼓励我、支持我，我才有勇气一路前行。在此，对你们的鞭策、鼓励、支持表示深深的感谢！

为此书写下小记，一并感谢我的爱人和永远爱我的亲人们！

2024 年 10 月 10 日